文学常青藤丛书

吴欣歆 郝建国 主编

栖居文学的星空

本册主编　汪文龙

副主编　李晓阳　袁海荣　黄偲奇　高思　牛爽

编　委　徐逸超　邢永利　吕佳　闫蓓　于宇
　　　　范淑婧

花山文艺出版社

河北·石家庄

图书在版编目（CIP）数据

栖居文学的星空 / 汪文龙主编. -- 石家庄 : 花山文艺出版社, 2025. 1. --（文学常青藤 / 吴欣歆，郝建国主编）. -- ISBN 978-7-5511-7410-7

Ⅰ. I217.2

中国国家版本馆CIP数据核字第2024HK4768号

丛 书 名：	文学常青藤
主　　编：	吴欣歆　郝建国
书　　名：	栖居文学的星空 QIJU WENXUE DE XINGKONG
本册主编：	汪文龙
统　　筹：	闫韶瑜
责任编辑：	董　舸
责任校对：	李　伟
美术编辑：	陈　淼
出版发行：	花山文艺出版社（邮政编码：050061）
	（河北省石家庄市友谊北大街330号）
销售热线：	0311-88643299/96/17
印　　刷：	石家庄名伦印刷有限公司
经　　销：	新华书店
开　　本：	880 毫米×1230 毫米 1/32
印　　张：	10.125
字　　数：	200千字
版　　次：	2025年1月第1版
	2025年1月第1次印刷
书　　号：	ISBN 978-7-5511-7410-7
定　　价：	36.00元

（版权所有　翻印必究·印装有误　负责调换）

总　　序

2022年春节，花山文艺出版社社长、总编辑郝建国打来电话，商量共同策划一套中学生"创意写作"丛书。当时，我正在反思应试作文的正面作用和负面影响，确定了样本校，想做一点儿"破局"的教学实践，目标是使学生在学会写作的一般规则的同时又能够自由表达。恰逢其时、恰逢其人、恰逢其事，一次通话就确定了合作意向、基本方向、大致的工作进程，很是痛快。

但我不想用"创意写作"的概念，因为创意写作是一个成熟的学科，有专门化的人才培养方案，而中学课程方案中没有设置这一学科。早在1936年，美国艾奥瓦大学就已经有了创意写作艺术硕士（MFA），此后，艾奥瓦作家工作坊在英语国家广泛推广，继而在全球范围内产生了深远的影响。在我国，2007年，复旦大学开始招收文学写作专业的硕士研究生，2009年正式设立了创意写作专业硕士学位点；2011年，上海大学成立了创意写作创新学科组；2014年，北京大学中文系成立了创意写作教学团队……据我了解，目前全国有二十所左右的高校招收创意写作专业硕士，课程内容涵盖小说写作、诗歌写作、媒体写作、传记写作等多种文体类型，有明确的培养目标和教学方法。虽然有些中学开设了创意写作的校本课程，但我的目的不在于推广这门课程。我主张用创意写作的学科知识指导中学写作教学的变革，在概念上使用课程文件用语——创意表达。这一想法得到了出版社的支持。

在我看来，所有的写作对学生而言都是创意表达，都需要借助生活经历、语言经验、知识积累、思维能力，把想法变成实际存在的文字，即便是严苛的学术写作，也能够体现出学生的个性特点。对于成长中的学生来说，写作除了具有学习功能、交际功能、研究功能，还有重要的心理建设功能。写作的内核是面对真实的自己，面对真实的情感体验，用文字表达的时间是学生认真面对自己的时间，如果能够自由地表达出自己的想法，就能够很大程度上实现心理重建。

娜妲莉·高柏在《心灵写作》中把写作称作"纸上瑜伽"，她倡导学生每天自由自在地写十五分钟，直接记录脑子里随机出现的词语和句子，记录眼前的事物，记录此时此刻的体验和感受，不管语句是否通顺，内容是否符合逻辑，不管要表达什么主题，就一直写一直写。这样的写作，显然有助于克服书面表达的恐惧与焦虑，有助于克服因为期待完美而导致的写作拖延。学生奋笔疾书之后会有一种释放感，一种绷紧之后的放松感，书写的畅快足以改变不良的心理状态。

写作工坊比较常用的练习方法大多能够引导学生的思维自由延展，比如曼陀罗思维法，又被称为九宫格法，就是将自己的某个观点写在中央的格子里，围绕这个观点进行头脑风暴，将其余八个格子填满，继而再辐射出八个格子，两个轮次的头脑风暴，核心观念迅速衍生出六十四个子观念。再如第二人称讲述，用"你"开头，写下你看到的、听到的、嗅到的、触摸到的、反映出的、联想到的各种信息，连贯地用文字表达自己真实的见闻与感受。又如庄慧秋的《写出你的内心戏：60个有趣的心灵写作练习》，提供了六十种开头提示语，其中包括"我喜欢""我讨厌""我热爱""我痛恨"等自我情绪表达的提示语，以及自我形象变形的提示语："如果我是一棵植物，那我就是……""如果我是童话故事中的角色，那我就是……""如果用一幅画来象征我自己，那我就是……"

这些方法都可以在写作教学中运用，帮助学生感受到自由思考的快乐，在相互启发中打开书面表达的广阔世界，帮助他们实现创意表达。

对于中学生的创意表达，我有三点想法。

第一，放松写作体裁限制，用自己的方式记录看到的社会生活，表达真实的情感体验。中学写作教学存在为体裁找内容的现实问题，学生非常熟悉记叙文、议论文的套路，习惯按照既定体裁框架填充写作内容，这是违反创作规律的。合理的状态是，学生有见识、有感悟，有表达的目的和对象，为了实现目的寻找合适的表达方式。体裁可以自由选择，甚至可以自由创造，我们要鼓励学生为自己的内容找到合适的形式。

第二，拓展写作内容边界，在广阔的社会生活中发现写作的内容，探索写作的价值。美国非虚构作家盖伊·特立斯的作品集《被仰望与被遗忘的》，从微观层面记录了纽约的城市风貌，关注各种人和他们背后的故事：俱乐部门口的擦鞋匠、高级公寓的门卫、公交车司机、大厦清洁工、建筑工人等。

我们要鼓励学生写他们熟悉的、他们经历的、他们知道的，鼓励他们写出自己眼中的世界图景。

　　第三，重构写作指导模式，建立师生协作的创作团队，形成完善的创作流程。中学写作教学习惯"写前指导"和"写后指导"，写作过程中的指导尚未受到充分关注。Perry-Smith 和 Mannucci 在前人研究的基础上，根据创意过程中不同阶段的需求将创意过程划分为创意产生、创意细化、创意倡导、创意实践四个阶段。学生的初步想法，很多时候是"灵光乍现"，教师要有一套办法组织学生分析原始创意，征集延伸性的内容与想法，整合收集到的信息，帮助学生完成创意的修改、发展，有序完成从创意到作品的实践过程。

　　《义务教育语文课程标准（2022 年版）》设置了"文学阅读与创意表达"任务群，《普通高中语文课程标准（2017 年版 2020 年修订）》设置了"文学阅读与写作"任务群，对学生使用书面语、发展创造力提出了明确的要求。本套书选择的学校大多为区域名校，学生的创作和教师的指导体现出落实课程文件要求的原则与策略，期待能够引领更多学校、更多师生的创意表达。需要说明的是，这些学校的师生不仅重视创意表达，而且极为重视语言运用的规范，他们热爱国家通用语言文字，热爱中华文化，对中华文化的生命力有坚定的信心，他们的创作在弘扬中华优秀传统文化方面，也做出了良好的示范。

2023 年元旦于北京　吴欣歆

序

  在北师大实验中学，文学不仅是学习的一部分，更是生活的一种方式。在这里，我们见证了文学的力量：青年学子通过文字描绘生活的点点滴滴，通过写作张扬自己的个性和青春，通过想象和创造构建看待世界的全新视角。在"考场写作"之外，实验中学一贯保留了这样的"自由创作"传统。我们推出的这本文学作品合集，就是这一传统的见证和传承。

  本书分为三辑，每一辑都是学生在特定文学领域的探索，展现了他们在不同文学方向上的深入思考和独到见解。

  第一辑"紫藤树下文学社"，收录了来自学校文学社的精选作品，包括诗歌、散文、小说等多种体裁。这些作品不仅展示了学生们对文学的极大热情，也展现了他们对多种文学形式的灵活掌握，更记录了他们在青春时光的感悟和成长。每一篇作品都是他们用文字记录下的青春轨迹。

  第二辑"超尘文学奖"，则聚焦于一次特别的写作竞赛。这一辑的作品经过严格的评选，最终集结成册。这些作品的共同点在于它们都展现了作者深刻的思考和对生活的独到理解。通过这一辑的内容，我们不仅能感受到学生们对文学的热情和才华，还能看到他们如何通过文字来洞察生活、表达情感。

第三辑"紫丁香诗歌节"，专门收录了学生在校园诗歌节上的创作。诗歌作为情感和思想的直接表达，为读者提供了一种独特的艺术享受。这些诗作涵盖了对自然的赞美、对生活的感慨以及对未来的憧憬，每一首诗都是学生内心世界的映射，展现了他们丰富的情感和无限的创造力。

通过这三个不同的维度，本书旨在呈现北师大实验中学学生在文学领域的全面才能和深厚潜力。我们相信，文学不仅能滋养心灵，更能激发思考，引领我们走向更加丰富多彩的人生旅途。希望这本合集能激励更多的学生在文学的道路上不断探索和前行，用文字构建出一个更加美好的世界。

有一片星空，属于文学的天地，位于北京市西城区二龙路的北师大实验中学，这片传说中当年闻一多先生光顾过的土地，一直诗意地栖居于文学的星空下。

目　　录

紫藤树下文学社

引言	003
天空是一只蜗牛	005
万重云	007
旧约	011
致易安	012
浣溪沙·二月初一听戏	013
羊	014
低哑	015
壹·初见	017
寻花	019
下雨天	025
凉粉	027
花拆	029
寄笺江阔逢游处	031
精神的故乡	035
理发师	040

选择 ··· 045

梦 ··· 055

金鱼 ··· 057

被白色覆盖的地方 ······························· 070

我死去的最好的朋友 ···························· 079

一个女人和浴室 ································· 087

夜，雾，阳光，未来 ···························· 100

繁漪的房间 ······································ 102

解冻 ··· 106

关于猫头鹰 ······································ 111

一直延续的结局 ································· 115

文言文球传 ······································ 118

如藤蔓般生长 ···································· 120

超尘文学奖

引言 ··· 127

我需要 ··· 129

我需要一片柔和的哀光 ·························· 140

我需要一根绳子 ································· 151

我需要真实 ······································ 155

我们需要站上顶峰？ ···························· 160

我们需要黑夜 ···································· 164

我们需要哀愁 ···································· 167

我们需要对岸 ···································· 170

我需要永不停歇地思考 ·························· 173

我们需要写作	177
劳动的滋味（一）	180
劳动的滋味（二）	193
劳动的滋味（三）	199
劳动的滋味（四）	206
劳动的滋味（五）	209
劳动的滋味（六）	213
劳动的滋味（七）	220

紫丁香诗歌节

引言	233
似曾	235
何以为之	237
暗夜	240
从你的全世界路过　错过	242
我如果爱你	245
假如我是一只猪	247
望星辰	249
虔诚	251
城池	254
创世之夜	256
人生	258
云的离开	260
灯	262
第五间屋	264

父爱	266
没有爱情的约会	267
母亲	269
风雨雪	271
土豆	273
夜之眼	275
等待戈多——教条	277
我失去的和得到的	279
本该幸福	281
叶	283
黑猫	285
从明天起	287
热沙	288
漫步在月光笼罩的朦胧中	290
无常	292
新月、露珠与栀子花	294
高贵	296
一岁一枯荣	298
葬剑吟	300
雁	302
橘子	303
无题	305
无题	307
盒子	309
夜与夜之间	311

紫藤树下文学社

引　言

"紫藤树下"文学社成立于2021年春天，定名于北京师范大学附属实验中学小花园的紫藤花架下，致力于在实验的天空下打造一片属于文学的园地。来自初一至高三六个年级的文学爱好者齐聚在这里，探讨文学，筹办活动，创办刊物。

《紫藤树下》是文学社的社刊，由学生自发创作、编辑，每年夏天发行。这本刊物每年都会收到来自在校生和毕业生的踊跃投稿，最终精选出部分作品付梓，为实验学子提供了发表作品、阅读文学和互相交流的珍贵平台。社刊目前已发行两期，第三期正在筹备中。本辑收录了社刊创刊号和第二期两本杂志中的优秀作品。

本辑作品体裁涵盖诗歌、散文、小说、文学评论等。诗歌多收录现代诗，也鼓励有活力的古体诗创作；散文、小说中的优秀作品，已有多篇被《中国校园文学》等知名文学杂志收录；三篇文学评论作品既涉及课内篇目，也包括课外阅读和作者创作谈。另外，社刊专门创设"我的文学实验"一栏，收录实验学子在校经历的纪实性文学创作，其中部分作品也纳入本辑中。

　　文学让我们不失对此刻生活的热忱，同时时刻保持对远方的关注；让我们以敏锐的目光洞察人生，同时保持或唤醒对世界的想象力。这些珍贵的文字既展现了实验学子对生活丰富的感知，更体现了他们对生命深刻的思考。它们既是实验文学的闪光片段，也是我们高举的火把。愿这份文学精神继续在实验学子笔下薪火相传。

天空是一只蜗牛

◎2025 届高中 11 班　姜雅涵

你用掉多少岁月才终于明白，天空
是一只蜗牛

不过也难怪，它确实是一只很优秀的
沉默的蜗牛
只是一声不吭地爬行
在将晚的霞光里留下自己
一道冗长的黏液
亮晶晶的，像灿烂的海浪

每天清晨它其实都沿着墙壁
爬进我黎明色的窗
翻山越岭地留下闪着光的痕迹
告诉我它来过
我轻声问候
它便指挥着树们摆动枝杈

用影子代表它隐形的触角

静默着向我致意

你在笑什么，难道你还不明白

天空是一只蜗牛

你以为它看不见，其实它听得最清楚

蜗牛什么都知道

它只是对很多事都保持沉默

作为唯一一只背负天空的蜗牛

它会认为

制造晚霞比喋喋不休

更有意义

指导教师：黄偲奇

万　重　云

◎2024 届高中 12 班　张一凡

如果世界失去了灯

那么在夜幕降临的时候

便只有月亮和星星的点点亮光

如果这时恰巧飘来了重重云朵

那么地上的人儿便不得不撒开牵着影子的手

我喜欢灯

我喜欢纸糊的灯，因为

纸糊的灯更为柔和些

那灯光带着些许昏黄

透着纸浆干涸后留的缝隙照出来

那行人看到的世界

像是近视的人摘掉了眼镜

钟表也变快了些

太阳翻涌起天象，风躲去烈雨

天空上密布着万重云！

花盆，瓷砖，窗户，呐喊

我的文字被雨浇湿了，淋透了，扯碎了

濛红的雨，你快快到来吧！

高亢的结尾，将赋予人们一切

"我是个没有理想的人"

——石头里这样响着

啊，去看看天空吧！

那里密布着万重云！

乱了！天上乱了

暴雨！暴风雨来了

破烂不堪的赞美诗！破烂不堪的云朵！

云层之下，细流汇集成了洪水

这匹巨兽吞没了广场上的尸体

推倒了伟大的雕像

啊，这偌大的土地上

竟容不得一尊石头

"伟大的人啊！"

——声音再次响起

城市里空无一人

街道布满灰尘

水龙头还开着

水流穿过下水道的声音

在寂静中格外清晰

天空昏暗，院子前的狗还在吠着

"多么伟大啊！"

——声音更加肆无忌惮

这声音仿若要莅临每一个角落

它清洗了街道

宽敞的主道再也看不到灰尘

它关上了水龙头,也堵住了下水道

它悄悄地捂住了狗的口鼻,仿佛

这生命是平静地离去

一切都安静了,只剩下伟大的声音

青铜器上刻上了万古诗篇

昔日苦难的木桩戴上了红丝带

雨还在下,坑坑洼洼的凹陷中尽是雨水

洪水的怒不可遏

雷声震天,遮住了伟大的呼喊

闪电白耀,火苗吞噬了丝带

熊熊烈火点燃了木桩

——那是一盏苦难的灯炬

波涛汹涌,天空中布满了万重云

城市中焦作一片

灰尘成了燃料

雨和烈火混作一团

火星飞舞着,灰烬鼓动着

消化了尸体的洪水欢呼着

楼房在倒塌

火顺着雨滴的铁链烧上了云

城市和天空都彻底乱了
那城市里的石头雕像也燃着火焰
顺着洪水撞向天空……
巨响之后，一切都毁灭了
想不朽的，想安宁的
都在撞击中丢了性命
天空重新敞开怀抱，万重的云也散去了
城市中只剩下微弱的声响
"我是个没有理想的人"
城市和天空恢复了井然有序
平静地，迈出时间轨道的一切都毁灭了
船队到来的时候，发现
陷在泥泞中的铜器
它早已被火灼得模糊不清
往日被禁止写在纸上的字都显露出来
这青绿乌黑的，立在破败柔媚的泥巴中
倒是一座条理清晰的墓碑
船上的人把它挖去了
他们顺着水流，飘向东方
那里的天空中还密布着万重云

指导教师：高　思

旧　　约

◎2024 届高中 10 班　陈录妍

微曦叩纱栊，流响漾疏桐。
笙簧且委露，卷帘自藉风。
烹叶汤初沸，紫鼎篆烟浓。
指下泻泠泉，遥引故人踪。
故人不复来，静坐空相待。
夕霭敛秋色，独影自徘徊。
绿蚁涬浮沉，缥沫烬余温。
挽筥推寒篱，冷露沾罗裙。
迢迢远山径，皎皎凝虚岚。
野渡沉荒月，墟里上孤烟。
寒蛩惊浅眠，拥衾理长弦。
拨弦心始乱，痴坐思澜漫。
竹枝渡鹤影，苍葭笼岫烟。
深更传晓箭，揽镜对衰颜。
披衣爇薄灯，孑立月帏中。
乱飒湘帘翠，冽雨洒秋桐。

指导教师：黄偲奇

致 易 安

◎丰台2023届初中10班　徐佳芮

霖霖夜，红袖独守窗。

落花簌簌，泪也簌簌。独酌何人知？

芳菲已尽，青鸾已去。韶光早已逝。

星霜荏苒，璀错难再。青丝已如霜。

桂子飘香，无人共赏；满腔幽怨，无人可诉。

遥望过去，与其同魄者，寥若晨星；放眼未来，满腹经纶，无人可遗。

掷笔，烛灭，谁怜？

雨已毕，心絮仍未了。

夜清朗，月华洒前庭。

指导教师：高　思

浣溪沙·二月初一听戏

◎2023届初中21班 杜璟彤

闻道戏来置百般,小停只要一餐闲,单车且系落阳边。
晨气倾寒决睡眼,午光添暖长春眠,佳节千树照人还。

指导教师:黄偲奇

羊

◎2023 届高中 9 班　李宇轩

在草地里坐下
青草过往般漫长

天空将我的夜晚吞没
一片晴朗

你是天上烧红的羊
跑到金黄色的草场
牧童抱起草地走向谷仓
他们把你叫作幸福
无限漫长，青草和泥土

在草地里坐下
黄昏紧紧抱住草场
青草无限漫长

指导教师：高　思

低　　哑

◎2023 届高中 10 班　宋志天

是沉默　如此盛大
我坐在竹林里
心伫立在山头
生命伏在我的膝上

我站起　毅然决然
在命运面前
我的人格平坦
那些遗憾
亟待弥补或无力回天

鸟儿轻跃上树梢
我却无力将自己拾起
于是装作一位哑人
低下了身躯

我的内心低哑
往后人生中最勇敢的一次
便是在别人的画作里
当了一回勇士

山头跨越了两千年
我的心早已石化成碑
祭奠那本就平凡的一生

      指导教师：黄偲奇

壹·初见

◎2023 届高中 5 班　周芷彤

行，立。

林荫，鲜衣。

树人辞，鸿鹄意。

铁马长嘶，壮志远寄。

旭日将升兮，扬名应有期。

三尺台以诲理，木书案以策性。

绣闼雕甍怀初心，一言一辞寓深情。

夫尺素安载赤子吟？嗟吾辈堪能匿于邑！

山水行云兮奇峰迭起，华章阙词兮笑对甘辛！

梦君同攀高山兮凌绝顶，忽惊身于险路兮待斩棘。

吾欲以诗代语话今昔，须臾华笺雅墨难赋情。

棋局对弈布阵排兵，高山流水萧相抚琴。

舞低杨柳言点滴，歌尽桃花书万里。

参天树以明志，厚书简以丰翼。

风起扬尘兮，鹏飞程万里。

蹁跹侠衣，书生意气。

流光移,扶桑系。

朝夕,怒马。

停,期。

指导教师:高 思

寻　花

◎2023 届初中 21 班　杜璟彤

寻一朵花、一束花、满人间的花，我寻一个会到来的春天，寻你，寻我自己。

一

那是我第一次看到那么多花，在祖国南端的宝岛上，在跟家乡没什么大差别的人行道上。一只不止九尾的灵狐，懒懒地洒下一团团火苗，于是我装作随意惊叹："看！好多玛瑙茶杯掉在了地上。"没有人理我。我以为他们没听见，于是试探性地将声音放大了一点："茶杯！"

我没听见回应，可能是恰巧一辆卡车呼啸而过，可能是他们聊天的声音太大。我终究还得自力更生，不情愿地看向了树干。哦，她叫木棉。你一如既往地反应慢，终于从地上捡起了几个"茶杯"。我终于可以行动了。事情开了头，就一发不可收拾。我和你一路捡花，回到客栈，照着餐桌上的花瓶，插了红红白白黄黄紫紫若干水杯，内心的愉悦使眼睛忽略了大人好奇又不解的眼神。我心里已经有了结果，一切幻想还是到花全部枯萎腐烂的那天才不甘心地破灭了。从此我懂得了失去的滋味，却还是手欠，抬头看到花，低头就在地上搜索。渐渐地我也学会了解放内心，消除一些怅惘——既然鲜花不持久，那么就做成干花。

校园跑道旁的石榴花（迷你版茶杯），捡回去；长椅上的丁香花（还有诗中的故事），捡回去；郊外的鼠尾草，捡回去（干了磨成粉，就像古人磨药一样）；婚礼上撒落在地上的玫瑰，捡回去（倒挂着晾干，好像屋檐上的风铃）；植树节的时候在土坑旁发现了一根五彩粒的玉米，捡回去……不管什么花花草草，只要至少在某一方面可爱，就通通捡回去，捡回去，放到那个曾经装粽子的竹筐里。当时为了得到这个竹筐，我终于"暴露"了我的特殊癖好——买椟还珠——于是以后我留下什么茶叶罐、装饼干的盒子，甚至冲人"闹脾气"后去垃圾桶里翻找，都不奇怪了。

竹筐里装的最多的花，是杏花。

小学的校园里有百种植物，杏花就在紫藤架后，一条草坪上小路的尽头。杏花花期短，总是在周末校园没人的时候悄悄开了，在一场狂风或者沙尘暴中悄悄走了。那时我热衷于游荡，某天中午溜达到那里，偶然看见一树杏花盛开，新奇之际便与上课铃赛跑，急急忙忙将地上的花瓣挑着收到兜里，后来就不挑了，看哪个都完美。时间越走越快，手速竟也越来越快，于是就把"造物者之无尽藏"全部取来，也没忘时不时环顾四周。跑回教室，心还跳个不停，眼前还是那树春雪，几节课如坐针毡，生怕哪个动作压坏了花瓣，等好不容易回家了，将宝藏收进竹筐，才算放心，好像心脏缺失的部分终于补回了一块，并且是一块附赠蜜香的。

那时是最好的一次，盛开在树上的杏花仍是如雪青春，被赠予大地的花瓣也是颜色未褪。后来时间走得更快了，每次相逢都是跑着去，春天和狂风还会按时到来，午间休息没有缩短，上课铃早已习惯不再害怕，可是杏花却不再愿意等我了。

六年级，"硝烟"来临之前的那年春天，我终于找不到她了。那个位置，只有秃的树干，与其他树的唯一区别在于没有乌鸦和麻雀，地上干干净净，草坪不知什么时候变成了褐色——或许它本来就是褐色。她不在这里了？又或许，她死了——这种想法应该被立即掐断。我还是喜欢相信是我找不到她了，是我错过了。如今竟有些明白，我与杏花，一个随着时间匀速前进，一个却有不变甚至逐渐变大的加速度，我们同时出发、同向而行，只有一刻能并肩——我喜欢称之为相遇，之后一个永不停止，一个落到后面去，渐行渐远了。只是不知我与杏花，哪个落在后面。但还好地球是圆的，我们永不停止，终究也会再次相遇，只是在回忆中，在心跳漏了的那一拍，猛然惊起很多断断续续的梦。

不错，至少这场相遇轰轰烈烈。

至于竹筐——这一点小小的桃源也保不住。人觉得好玩，虫子却嫉妒。它们结队洗劫了我的竹筐，留下了一片狼藉和一个我。

二

竹筐虽然没了，但我还是有拾花的习惯。我爱往树林里走，去寻花，其实主要是碰运气。

树林里的麻雀，一听到春天的一点儿消息，就聚在一起叽叽喳喳地开始说。人走进去，明知语言不通，却还是迫于现状请求："可否告诉我花在哪里？"这时那些麻雀便突然安静下来，歪歪头，马上就又开始聊了，仿佛这树林里从来就没有出现过任何与它们不同的东西。不知它们是听见了还是没听见，又或是听见了但是不想回答。

我使劲一闭眼，再睁开时，却看到了真相。哪有什么树林，小区里的树早都被砍光了，取而代之的是密密麻麻的车。我又想起来，后院的草地也早就没有了，以前那里有老头老太太种的瓜果蔬菜，我姥爷也在那里种过茄子。真奇怪，为什么种东西，大家都爱种些实用的，都不爱种花。

我不忍再看，又闭上了眼，又站在了树林之中。没办法，路还是要往前走的，此时我竟开始强烈地相信前方有花了，好像麻雀已经永远被抛在了身后一样。越往前走，雾就越重，迷迷蒙蒙糊了一脸，瞪大眼睛却能看见好多好多。我先看到了花，在花后面，我还看见了更多更多——如画的青瓦古房、素色的衣衫、一根竹杖、一叶扁舟，渐渐地越来越清晰——啊，是山！山是花的源头，是一切的源头和终点。人在字句中是一座山，在字句外是层层叠叠、绵绵延延的群山。

我寻不到花，却寻得到山，寻不到山，却寻得到草木。我又迫切地睁开眼,才发现小区里荒废的大花盆(曾经用来种那种半死不活的绿化树的)不知何时被人种满了瓜果蔬菜。转头一看,就看见了楼下收垃圾的老太太。原来是她!她总是坐在那个拐角处,那个被荒废的消防门旁边,不知疲倦地将纸盒一块一块叠起来整齐地放在一起。这天我终于看到她起来了,在那些墨绿明绿中间转来转去,时不时给这个、给那个浇浇水,擦擦叶子。我终于发现,丝瓜叶已经大得足够遮风挡雨,豆角花挂满了生了铁锈的消防门。春天来了,走了,夏天又来了。夏天没有花,却有绿色,足以填满残缺的心。

可是夕阳一天天变粉,变橙,又变红,冬天还是会不可避免地到来。冬天就如中年男人的秃头,种花和植发一样难。我攒够了春天,跃跃欲试,我要去种花。我还想找到或者创造出一些破除一切混乱堵塞的通法,以及自己的终点、世界的源头。我终于下定决心,于是我又闭上眼,又回到那个树林。

真是奇怪,我竟然为了种花,去细细地思虑这浮在天上的土。什么样的花是它喜欢的?它飘在空中,好是神秘,飞起来便又不幸的是那副可恶的嘴脸。种下第一粒种,它便踏踏实实地落下来了,同样地更用心地种下第二粒,它却又腾起来,嗖地转开了,留下厚厚一层透明的尘。我让花来思考吧,这尘是什么意思!花还年轻,必须去请教那仰着头的老树。老树咕咕嘟嘟说了一顿话,若是那话变成文字,像篆字,可仔细看却一个字都看不出来与他口口声声说的今天(的语言)有何相似。那不是篆字吧?花仰头去看仿佛直冲云霄的树冠,可是雾太大了,竟让人产生那老树只有花芽一般高的错觉。于是低头看地，找它的根，谁知地上也有雾，厚得乌黑，竟让人产生树根早已烂在地里的错觉。星还是那样转，月还是那样走，不知哪一天，老树生气了，轻松招来一阵狂风，将花脱胎换骨。雾终于被吹跑了，露出花来——好一朵艳丽娇嫩的死花！

我不愿再种花了，我越长大，越害怕失去——首先是失去别人，其次是失去自己。可是我改不掉拾花的习惯，种不了花，寻不了花，我还可以寻山。于是我向山奔去，岚牵着我徐徐绕上山顶，野草混合着雨滴的湿气进入心胸，其中有大海的味道，还有黄瓜秧的清香。到了山顶，便马上向鞍部奔去，去那片高山草甸——据说那里有花，还能看到周围的山顶。终于也与野花相遇了又分别了，我却总觉得少了点儿什么。行人啊！走两步一回头，悠悠迟迟，终于在一个小木亭子里坐下来歇息。

我又回头，突然，我望见远方正向我奔来：明黄——仙人的黄鹤、太阳下的黄瓜花，曙红——游人的菡萏、消防门上的豆角花，洁白——边塞的春雪、南窗前的茉莉花，翡翠——山村的农田、爬到楼上的丝瓜藤。越来越近……

终于，我看见姥姥跑过来，手里捧着一束野花，笑得像个孩子。

还好，我早就发现了你们，发现了山与草木。还好，我在寻一朵会败的花，寻一个会离开的春天，寻一个来了又去、去了又来的你们，以及我自己。

指导教师：黄偲奇

下 雨 天

◎2025 届初中 7 班　卢凤歌

　　阴天像一个想哭却又哭不出来的孩子。近日它终于放肆地哭出来了。真好。眼泪肆意地清洗着肮脏的空气，整个世界的色调虽是暗沉的，却是清洁的，让人讨厌不起来。

　　我很喜欢下雨天。究竟喜欢下雨天什么，我也不很清楚。

　　又想起小时候。那时候妈妈很乐意下雨之后带我出去玩。我还记得我那双黄色的雨靴，记得灰蒙蒙的天，记得那片红色的、带着泥泞的落叶。我和妈妈说我不想出去，我说我觉得外面好脏。的确是，天是灰的，整个世界都像蒙在一层雾里，看不清前面的路，也极其容易迷失了自我。落叶没什么好说的，小时候我住的那个小区里种的全是松树和枫树那一类的树，地上满是绿色的松针，带了些许泥水的、一踩就碎的棕红色的叶子。那时候我最讨厌下雨天了，开开心心的，为什么下雨呢？下雨总是和烦恼、忧愁带些关系的。可是现在呢？我真是很爱雨季。人总是变化这么大的吗？

　　不知道是从什么时候开始对雨天改观的。是望着窗外出神的时候吗？是听见打雷、看见闪电的时候吗？是寒意从伞外边钻进袖口的时候吗？这一切都无迹可寻了。

随着一点点长大我才逐渐明白，雨并不是让世界变脏的破坏者，而是奏出乐章、染出油画的艺术家。是的，我们都沐浴在她的恩泽之下！雨的创造力是无穷的，她谱写万物与水交织的重奏曲，又让颜料在一张湿透的画布上盛开出一朵朵鲜花。

我爱听自行车的车轮碾过路面水洼的声音。聚集的一小摊水，从中间分开，向两边荡漾，形成微观世界里汹涌的波涛，吞噬了周围所能触及的柏油路，连带着上面的树叶和其他更细碎的水滴。我也爱听雨滴打在窗玻璃上的声音。路灯照在窗框上，我总是忍不住想看看下雨天夜晚这样的盛景。窗帘将我包庇在属于自己的这一小方天地里。我看见水珠全都闪着银光，有些地方正结成了霜。手放在玻璃上，很冷，但体验奇妙。我想这是我和雨之间最合适的距离——我们彼此接触不到——若接触到的话，那可爱的冰晶就要逝去了。隔着一层玻璃是很好的，它无法寒彻我的心灵，我也无法融化它的坚硬。可我们又能感受到彼此的温度，给予同样孤独的彼此最真诚的陪伴。

小时候我不理解雨，因为我的快乐需要在阳光下释放。而长大后的我恐惧晴，因为我的忧愁需要在荫蔽中的庇护。可是，当然了，阳光也好。只是雨天更别有一番风情，多了一分触动。我爱雨季。因她让我充斥着负面情绪的心在快节奏的生活中暂时可以慢下来，因她让我奔波劳累的灵魂不再流离失所。

当我对雨天改观的那天到来的时候，雨从污浊变为清净了。我也不再是小孩子。

指导教师：高　思

凉　　粉

◎2025 届初中 7 班　罗雨桐

记得三年级时，每到下午四五点的光景，屋外总会有一阵喇叭响起叫卖"凉粉凉粉"的声音，透过窗户张望，有一小贩骑着摆满货物的三轮车慢慢地经过。路面留下三轮车碾过地面的一道道车辙，长长的，无尽地延伸到看不见的角落。

每当这阵叫卖声在固定的时间响起，总能让我回想起小时候外婆家的卖凉粉的小摊贩。记得夏季炎热的下午，当我们百无聊赖地躺在地上吹着风扇时，屋外的叫卖声定会准时响起。

一开始，外婆并不允许我们买，嫌不卫生。可是，每当一阵阵的热浪扑面而来时，我们就会情不自禁地渴望，渴望一股清凉的味道从喉咙滋润到肠胃的清爽。在一个下午，得到允许后，我和表妹立刻冲到楼下买了一大块凉粉来。

晶莹透亮的凉粉倒入盆中，软软弹弹地左右荡，好似刚从冰箱里取出的布丁，可爱感溢了满碗。年幼的我趴在桌边，透过凉粉望向窗外的景色，是一片棕黄色的咖啡世界。

外婆不紧不慢地从厨房拿出小刀，将凉粉切成一小块一小块的正方形状，然后撒上白砂糖，搅拌均匀，再平分到每一个小碗中。我和表妹期待的双眼紧紧盯着送到跟前的凉粉。外婆嘱咐不要吃太急，但我们哪里会听，不一会儿，一碗便见底，又继续盛了另一碗。

　　头上方的风扇慢悠悠地转着，阳台上栽种的葱很静默，绿油油地伫立在慵懒的空气中，阳台外是连绵不尽的夏日以及不知疲倦的蝉鸣。而这一切，在外婆的大蒲扇下，缓缓地溜着又溜着，叙说着漫长的夏日故事。

　　吃饱后，还是坐到地板上，一遍又一遍地吹着风扇。风是清新的，带点儿幻觉出的薄荷味，穿过了整个身体。

　　有一天——我甚至不清楚究竟哪一天，这吆喝声悄悄地退出了我的夏日。自此，我再没吃过凉粉，也不能再躺在地上吹风，我是"大孩子"了。

　　日子是平淡的，平淡得如同每一个重复着的夏日午后，可是，等岁月洗过，回忆竟是有点儿让人眼眶濡湿的画面。

指导教师：黄偲奇

花 拆

◎2022届初中4班 钱安娜

花拆是花朵在悄然绽放时发出的轻微声响，那声音如同雪叩檐角，雨敲静池。而我更愿称呼它为机缘。

不必刻意去初春园林中四处张望，更不必秉烛夜游苦守栏杆，翘首以盼。只是某月某日，过了廊桥，让目光在不经意间转向，看见城墙的角落，有一朵紧闭的花儿羞怯地松开了紧抓着的裙角，任凭长裙随风散下，悠闲地摇曳，使观者满目华白。因为巧合，所以珍贵。

曾听说在远方，长风会经过山谷裂缝带来春日乐声，催促草叶生长直到布满溪槽，于是毅然背起行囊，成为一位旅客，徒步走入深山。

松下有泉，泉边筑寺。迈入朱漆斑驳的寺门，有袅袅一缕禅香绕在枝梢，木鱼声声敲打出一片安宁。我漫步进了后院。庭中不知谁人有雅兴栽下玉兰一树：枝干瘦削，花苞却极为饱满。周遭很静，杨柳也不过刚抽新芽，远未到飘絮的时候。我驻足了片刻，暗自赞叹这闲庭自若的良景。

天色微暗，烟霞落入山下的湖中，鸟儿的鸣啼暂歇。我转身欲行，忽听噗的一声，未成曲调，却令人不禁停步回首。

是谁说，人生最喜是与草木山水结缘？银花忽然结盏，带着浓厚情谊，缓缓舒开笑颜。花瓣阔而厚重，犹如陌上里最温和的白玉。花拆，花拆，不沾春水，不惹红尘，一朵一朵开成了佛。天色愈发昏暗，月光相比之下已经失色。那清亮悠远的月光，似是风卷重帘，一重更盖过一重。温柔的雾与光华，随着花瓣毛茸茸的轮廓泛起涟漪。它在用尽全力地绽放。如果不是我恰巧观望，这一瞬就只能被世间错过，与月光相约为伴了。因此，我猜花儿不仅有情，更有骨，不需人击节，也自得其乐，值得有心人赞赏。

人生最美的年岁亦如花拆，能诞生是机缘，能扎根于皇天后土也是机缘。

写作的过程也是花拆，文化词句卷卷积累而成，一层一层，如在织锦玉帛上绣花般细致欢喜。待到有一日，火候到了，厚积薄发，缘分落地。伴随着叮的一声凛然，那些酿入文中的心情，全部绽成这春风中的一树玉兰，开得热闹，开出芳华，开遍人世。

这样说来，锦绣文章，原来是不会凋谢的花儿啊！

指导教师：高　思

寄笺江阔逢游处

◎2024 届高中 12 班　张一凡

"水边灯火渐人行。天外一钩残月、带三星。"

我说，我要给你写信。

我要写一封乱了章法的信，寄不出去也罢，总归是要写的。没有他人读也罢，只要你看了便好。

我未免过于守旧了些，依然深觉这时代之信息速利但浮躁，更觉得我所用之情感越发浮躁，便想着要做些慢下来的事情，捋顺这不安的思绪，稍缓我生消逝之快，权作慰藉。全是些胡言乱语，止增笑耳。

我所挂念的：

久日未见！

近日来天气不定，勿忘增衣。有些时日未曾相见了，我在家中颇觉烦闷，却也感到生活中多了难得的些许平静。大抵是景物不换的缘故，总觉时日也不曾消逝。一日清晨，我被窗帘缝隙透进的光催促着，揉着眼，恍如隔世。那一刻，我意识到：过去的日子便去了，快的也好，慢的也好，都不会再回来了。时间从未如此清晰，它如江南纺纱的青丝，伸手去捻，却也留下些痕迹；又抬头去看，有限的日子望眼欲穿，少得可怜哟！可是你看，那头却又迷离得很，我若与死亡对视，直勾勾的，心中却反常般安静。

忽然间，我好像明白了世间的那许多道理。

时间的痕迹便是一条干枯的河。

那时候，你就站在那条河的下游，眼里饱含泪水，对着山顶上雾气中的我拼命地呼喊。

我说，别哭啦！

…………

你还是哭个不停。真是烦人。

我说，我要给你写信！

写什么好呢？精美的话儿我是会说的，不过是些取巧的言语，苟得片刻欢愉，也只如此；所谓的诗我也是会写的，不过是几行的风韵，哪怕连字和字的间隙都算上，也终究还是藏不住一肚子的话。

与其那样，倒不如写个尽兴，写个乱七八糟也好，写个高低不通也好，写个惊世骇俗也好，哪怕树林中猿猴乱鸣，或是乡野愚妇唾骂，也不管他哩！我只是写给你的。

我知，便是我用甲骨成文，你也是会读的。

我喜欢站在死亡的角度审视我的人生，想象自己垂危的时候，回看当下，以定道路。我以为那样便能在死亡的时候免于后悔，虽不能尽如人意，但终还是有所可思的。到现在也只有不熟的年纪，尚不知什么人生艰难困苦种种，还自负有一腔豪情。我哪知道什么人生的狗屁意义，我实在是厌烦了价值。我受够了计算成本和收益的生活思路，我只知我是个活生生的人，你是深晓这点的。

我或许会在人生中寻找意义，但是绝不会在价值中摸索人生。

或许是你，让我在寻找中看到了一丝线索。

我曾对现下此种情感表达过深恶痛绝之情，只觉这是不务正业，又觉滥俗不堪，应为世人所唾弃。倘若当我卧在病榻上郁郁不能之时，念起青春时日竟因错怕而失此真情，定将悔恨莫及；他人常言，此情必致失学。我则言之不然。念此情和荒学业，此两者无因果之必得之理。我等诚当分门别类，再做考虑。我知你也是认可的。

相反，自山上有了人，周遭便长满了翠树，冬有狐虫，夏有鸟鸣。山下之人不得窥探半分。饿了，便可自种莜麦；渴了，便可痛饮甘泉。山下繁华喧闹，山上朴丽清畅。山上的饭菜虽不及那山珍海味，我却更喜欢些。我总爱故弄玄虚，搞些狗屁不通的句子，你却也提笔记下，留藏视若珍宝；我时常打趣吹耀，你虽嘴上嬉笑，却也不认真点破。嘿！我岂不知那些笨道理，只是甘愿做个蠢人。山上的日子疏朗，所谓心顺则万事成，虽有颠簸，但终将如愿。你亦是如此。

我的一位友人曾表达过这样的观点：未经过现实灾难考验的情感是不值得相信的。我却如此反驳：未相信的情感又如何能经得起现实考验？

如论人生之目的，我会说，人就是目的。你是人，我也是人。我不是什么伟大的人，我只想让自己过得不错，我只想自己情感得到慰藉，我只想和相信的情感联结。我没有远大的济世情怀，也没有宏伟的理想抱负。你说我是个利己主义者也好……我只知我不是个损他主义者。我不精致，遇到需要帮助的人我是会帮的，我确实想让大家都过得好一点儿，但我更想让我和你过得好。

我只信我们。

夜半，我说，我想给你写信了。我们还有大把的时光。

等到我们日薄西山的时候，我要把信丢在零落的叶里，藏在飘过的云里。我总希望你永远不会真的读到藏在泥土和云里的信，却也想着你要先比我看到它们。我在和死亡对视的时候，便早已威胁过它。啊，怎么又扯到死亡上来了，我们还有大把的时光呢。

我相信山上的你。

且行且珍惜。

祝：
一切安好
未来顺利

斯　游

2022.5

指导教师：黄偲奇

精神的故乡

◎2024届高中12班　韦浩恩

一

作为一个在北京长大的孩子，我总觉得故乡的场景应当是一幅乡下的画面，而不是高楼耸立的大城市。不过在我儿时的住处附近，有那么一片"圣地"，满足了我精神中对故乡的所有期待。下面，请允许我姑且用"精神的故乡"来称呼它。

追着一只蓝色的皮球一路小跑着，于竹林之间穿梭，阵阵清凉的微风扑面而来。木栈桥旁，一股清流从石板断裂处一跃而下。就是在这里，我不知多少次把球不小心踢到水里，只好在岸边拾起一根短竹竿，朝着溪流中央的皮球戳去。然而，竹竿总是和它失之交臂，每次便都要在这里耽搁一会儿。我倒也不着急，反而乐在其中，朝着在溪流中央漂荡的皮球天真地乐着。踏过木栈桥，脚下从原先的小径变成了石板路。我再也无法按捺激动的心情，冲下坡去。

映入眼帘的是一片青翠的海洋，顺着阳光洒下的方向望去，整片草坪如同从天上倾泻而下。在这里，我最喜欢模仿着澳洲大草原上的袋鼠，跟着爸妈的脚步蹦上山坡。上到坡顶，只见对面小山坡上生着低矮的灌木丛；回视身后，又仿佛置身于这绿色海洋中的浪顶。拿起仍然有些湿的那只皮球，或踢或顶，或是追着它奔跑。若是跑累了，就在草坪上打上几个滚，大口地喘着粗气，尽情享受着嫩草拂过皮肤的柔和与泥土的芬芳。这就足以让我享受上一个下午的欢乐时光。一路上能撞见瀑布流水，穿过密林，踏过石板，来到一片高低起伏的草地，这样的探险经历，成了我最初的快乐源泉。

二

到了上学的年纪，我们不得不搬到城中心来，这里的小区仿佛是院墙被无限加高的四合院，抬起头，如同被困于深井之中。在如此寸土寸金的地方，连一小块草坪都成为一种奢侈。我再也无法每天午后在草坪上打滚，再也无法与流水撞个满怀。我似乎体察到了小鲁迅的苦衷——那种被关在院子里，只看得见高墙上四角天空的那种苦恼。

清晨，骑到宣武门路口，我总会刻意地向东望望。尽管迎着刺眼的朝阳，看得并不清楚，但我知道，那才是我故乡的方向。每当我被烦闷、苦恼、焦虑或是恐惧裹挟之时，我的思绪总免不了飘向那片圣地，回想起在草坪上打滚、在河边捡球的那些美好瞬间。每每此时，我的嘴角都会不住地扬起，于是又拾起勇气，继续与那些负面的情绪作斗争。在很长一段时间里，它早已不仅仅是我儿时的快乐源泉，那段回忆更为我的灵魂提供了庇护和慰藉，在我失意时带给我快乐与希望。

三

  一片氤氲的水雾中，我撑着一把黑伞，步调急促地跑向那条小径。此刻的我，陷入了极度失意的泥淖之中，记忆中的故乡已经不足以让我再次鼓起勇气。我如痴如狂地跑向它，企图在那里得到最后的一丝慰藉。熟悉与陌生感相互交缠争斗着，过久的分别让我不知道如何去面对我魂牵梦萦的故乡。

  再次顺着小径跑下去，又一次来到了木栈桥的一端。但是左侧的那条瀑布与记忆中的相比却显得渺小，面前的陡坡也变得平缓。这真的是我的故乡吗？当我再次来到草坪前时，惊恐地发现：这不过就是一个小山坡罢了。哪里有什么如海洋般的草坪，在阴沉的天空映衬之下，它不过是一个小山坡罢了！雨水让草地变得泥泞起来，就在我要坐下的一瞬间，我略略迟疑——就是在这里，我曾经奔跑过，翻滚过，如今竟然因为怕把衣服弄脏而不愿意坐下来。我一句话都说不出。

  关于这片圣地的记忆碎了。那破碎的声音，甚至被雨水击打伞面的声音所湮没。是的，它就是这样无声无息地，碎了，碎得彻彻底底。

  在之后很长一段时间中，我都不敢再回去，更不敢回想那天的所见。我不断地用记忆中的场景麻痹自己，但这无济于事。那天的经历，使得现实与回忆中的故乡同时沦陷，让我的灵魂沦落成一个不知何去何从的流浪者。

四

随着年岁的增长,越来越多童年的记忆相继破碎,我这才逐渐看到了一个更真实的世界。只不过,精神故乡的沦陷大抵是我人生中第一个破碎的记忆,所以记得这样刻骨铭心。

但当我经历了越来越多的破碎后,便有了一份勇气,去再次思考精神故乡的意义。我忽然发现,精神的故乡之所以能成为我曾经的快乐源泉,并不是它本身的景色有多壮美,而是那个四五岁的我愿意享受这种简单的满足感。精神故乡的真正内核不是一处地方,也不是一段记忆,而是我们最初拥抱整个世界的方式。

我一直以为,失去与自然接触的机会才是使得精神故乡崩塌的罪魁祸首。然而,其实是我们自己亲手把自己逐出了精神的故乡。随着心智的成长,我们不得不面对更消极的事,承受着更大的压力。出于自我保护,神经末梢被磨得越来越平——但这也意味着不得不寻求新的刺激,来拨弄早已迟钝的神经。我们开始变得贪婪,已经不满足于儿时简单的快乐和满足。我们拥抱世界的方式,就是这样悄无声息地发生了天翻地覆的变化——我们便在离家出走的路上走得越来越远。

那对这样的宿命就无能为力了吗?

我想,我们虽无法逆转心智成长的必然过程,但是可以选择回归孩童的方式去拥抱世界。这当然不是说事事要表现得像小朋友那般幼稚,而是说在基于成熟的思维方式的基础之上,努力用更诗意和浪漫的方式去感受这个世界。不妨在草地上尽情地打几个滚，不必担心衣服沾上泥土；永远不要对简单感到不屑一顾，不要羞于去享受最朴素的满足与快乐；抛下一切包袱，一切顾虑，一切曾经的伤口，就像一个懵懂的孩童那样，去体验生活本身。如此，将为你我在黯淡的生活中点亮一点儿微光。离开自己的精神故乡，用更加成熟但枯燥的方式去认识世界似乎是成长的必然结果；但努力地找寻回家的路，再一次像孩童一样拥抱世界，才是我们心智走向更高境界的下一段征途。

一定会有这样一天，当我们再次站在自己的那片草地前，凝望着那片青翠的海洋，请浪花载着我们，漂漂荡荡，驶回精神的故乡。那里绿草如茵，流水潺潺，淡淡芬芳。

指导教师：高　思

理 发 师

◎2025 届高中 14 班　杨恩华

理发师坐在他的沙发上。窗外一片雾，雾里看花。

他感到外面在下雨，蒙蒙的春雨。雨丝微凉，混在雾里，雾丝飘转，散在雨中。

一城烟雨，一城花。他想起自己的故乡。

江南的花。

花！条几上的茶杯，冒出一蓬轻雾。缭绕不散，摇曳的彼岸花。摇曳——

那样洁白，像老周葬礼上的花。

他好像昨天才刚刚去过老周的葬礼。葬礼是白色的。没有人说话，没有人笑，也没有人哭。他们站在那里。

墓园里的花都是那样的洁白。纵使是星星点点的小野花，也开得很白，很淡。让人感到安静，感到落寞。甚至——

感到冥冥的召唤。一步，一步。像一盏彼岸的灯，举在路的尽头，唯一的一条路，唯一的尽头。

花开在茶里，茶里长出了花。

他知道——这种茶在他家乡也有，每到阳春三月，开着一树的小白花。一阵微风,绿色葱茏,花叶摇繁,一眨,一眨。

花开如火,也如寂寞。

不过,他讨厌起风!一起风,花便留不住了。一树的花落下来,盘旋在半空,落在嫩绿的草地上。一树的周围,都落满了星星点点的白色。他还记得春天是没有所谓阳光的,谁也不会说"春天的阳光"啊!哪怕是小孩子,都会说"春光"两个字。春天的光来自四面八方,草在发光,树在发光,花也在发光。显得那天上的一轮火球也是那么沉静,那么温柔。

在明媚的春光里,漫山遍野的花在空中飘着。她们——那样的轻,那样的柔,一阵风,她们又飞起来,她们在空中舞着,舞在明媚的春光,舞在火热的骄阳,舞在慢慢远去的洞箫声,舞在阴冷温暖的冬天。舞在他的心里。舞得那样凄美,那样任劳任怨,那么纯洁,那么无瑕。

心醉,心碎。

它们终会落在地上。落在地上,好像也没有人踩,不知,不觉,便失去了。每当看到这样的景色,他都觉得有些落寞,有些伤感。但是他不知道该伤感些什么:春天,怎么会伤感呢?一花落,百花开。伤感什么呢?

不过他老是希望,落下的花呀,可以离开得慢一点儿,慢一点儿。家乡的地上,可以留下一层花。

窗外的老松长高了些,什么时候长的呢?

他想起来那些原始森林里的参天大树——他只在年轻时去过一次原始森林,他很失望。

"地上怎么全是落叶呢?它们开的花呢?"

他看到花开，他看到花落。他没有看到花开之前的样子，也不知道它落下后的样子。它们好像江南的雪，若有若无，半真半幻。也像他的梦啊，飘在云朵间，慢慢落下来，落下来。落在地上，便不见了。

　　悄悄地来，悄悄地走。像一个个灵魂走过人间。

　　他不再去森林了。他不愿意再看到那些树——"它们没有花！"他说。直到他老了，才方知它们是多么亲切，它们站在那里，看着沧海桑田，斗转星移，自己却在时光中显得亘古不变。

　　花瓣从枝间滑落，它们不为所动，它们看过多少花开，多少花落？

　　他感到自己也像一瓣落花，在风中飘着，飘过四季，飘过故乡，好像永远不会落地。在风中，跳着一曲生命之舞。

　　手机响了，理发师惊醒了。他打开手机，又一位老朋友离开了。又一瓣花落在了地上。他想起自己也已经斑白的头发，他很喜欢它们，它们像洁白的花，戴在头上，戴在心上。

　　他陡然，站起，又坐下。手旁的剪刀。每天都握着它，倒不知道有这么亲切。他在这个小屋里如陀螺一样不停地转，日复一日，年复一年。他看到了无数不同的时间里相同的他，他的身影填满过整间小屋。太阳的影子一日日在屋中移转，他的剪刀磨了又钝，他的朋友们来了又走。他已经不知多少年没有见过家乡的春天了。

　　他在这个小区里做理发师，看惯了这里的花开花落，雨霁晴雪。屋外几棵苍绿的老松永远傲然挺立，看春去秋来，几株白丁香只有春天开出几团小花，在沉静的午后摇摇晃晃，散发着一缕淡淡的清香。有时，他甚至觉得这里就是他的家，"理发师"就是他的名字。

他理过多少人的发？见过多少人的喜怒哀乐？他理着发，从乌黑理到花白。孩子们长大，远去。老人们一点儿一点儿花白的头发，一点儿一点儿弯下的腰。

老人们一个个离开，像一个时代的幕布缓缓落下。很慢，很慢，却那么沉重，那么坚决，不容抗拒。

他看到自己忙碌在绯红的樱舞，忙碌在仲夏如瀑的星光，忙碌在既降的霜露，忙碌在干净的土地上孤零的烟斗。

可他突然有些累了。

茶杯上的花在召唤他——外面又刮起一阵风，天晴了。是落花的好时候。

他闭上眼睛，做了一个梦。好像梦到江南的杏花春雨，梦到家乡的流水人家。他看到一瓣花从江南的茶树上飘起，还有许多花，一同飘着，飘，飘，飘过长江，飘过黄河，飘在京城上空，飘在这摇摇摆摆的人间。它们飘着，飘着，盘旋飞舞。在春光中飞着，舞着，不愿落地。

只是那朵不起眼的茶花，在这漫漫的春日，轻轻落在了北京的土地上。无声，无息。

一个灵魂走过人间。

北京如一棵参天古树，看着他来，也看着他走，却仍在春光中漠然。北京好像该有些伤感：一朵花落地了呀。可它不知道该伤感些什么。它看过太多人来人往，就像看过太多花开花落。春天，又怎么伤感呢？伤感什么呢？

一花落，百花开。

春末的凋零，等待着下一季的盛开。

春天会去，也会再来。北京在时光中静静看着沧海变成桑田，不为所动地向前走去，一步，一步，沉重而坚决。它不会记住这一刻，也不会记住这瓣花。它看过太多花开，太多花落。它的身后，只余黄土。孤零零的土地上，不见落花，不见我，不见理发师。

           指导教师：黄偲奇

选 择

◎2025 届高中 14 班　周胤伯

灰袍的行者跟随乌鸦又走过一个城市。连月来，它已饱餐了数以万计的亡魂，镰刀无数次抡起又落下。它穿过青烟缭绕的断壁残垣，收下一个又一个男人女人、老者孩童。干朽的双足踏入了一座曾经勉强能称作房子的土包里，那里面有一个台历，用法语模糊地写着："1940 年 5 月"。

老杰克拿起威士忌酒瓶喝了一口。手上的绷带汩汩渗出血来，酒精的麻痹让他得以暂时忘却了疼痛。老杰克从战壕里站起身来，揉了揉因久坐而酸痛的脖子。他所在的部队已经在法国加莱驻守了一个多月。德军一轮一轮地猛攻这座小镇，几乎每天都会爆发激战。

"真不明白咱们干吗要帮这帮青蛙佬保护他们的国家？"老杰克抱怨道，"我还想回家和老婆儿子过小日子呢。"

"你这老油条说的什么挨千刀的话！这是光荣的使命！成为大英帝国远征军的一分子是你的荣幸！"传令兵诺顿大声说。这是个刚成年的冒失孩子，不知道脑子缺了哪根筋报名参加了援法远征军。

老杰克咯咯地乐了起来。"小子,读书读傻了吧?当年我在索姆河跟德国人干仗的时候,你爹也就你这么大吧?"老杰克戏谑地说,"小鬼,你要见过那场面,也不会想再在战场上待一秒了。"

老杰克拿出一张照片细细端详。破损折角的底片上是一个女人和一个男孩儿。

"这是你家人?"诺顿问道。

"是啊。给你小子看看。这是我老婆,年轻时候是美人一个。我儿子今年上大二。他是他们学校橄榄球队的绝对主力。这是我们在和平年代去打鱼的照片。要是没有这天杀的战争,我现在还和老婆在看儿子的比赛呢!"老杰克又喝了一口威士忌,说话时眼里似乎有几滴泪花蹦跳。

月升。老杰克辗转反侧睡不着。他的思绪回到了海对面的不列颠岛上。他想象着在午后惬意地品尝着红茶,他想象着和家人在海边踏海,想象着一瓶接一瓶的美酒,想象不必再见到好友生命流逝之不幸。老杰克悄悄坐起身环顾四周。他想回家。他想逃跑。他小心翼翼地抱起身旁锈迹斑斑的李-恩菲尔德步枪,蹑手蹑脚绕过熟睡的士兵,爬上战壕。

老杰克刚跑出去五六米就被巡逻的诺顿扑倒。

"好你个老油条,居然敢当逃兵,你怎么敢玷污这光荣的使命!"诺顿气愤地说。

老杰克一扫白天的痞气,挂上一副恳求的哀容。"求求你,求求你,让我走,我只想回——"

老杰克的话戛然而止。

天忽地被照明弹照得雪亮，坦克的突突声撕破了夜晚的寂静。老杰克惊诧地看到德军趁着夜色如潮水般涌来。

"该死该死该死！"老杰克大叫，一把推开身上已经吓傻了的诺顿。战壕里士兵们纷纷爬了起来，一边咒骂，一边射击。流弹簌簌地飞来，打在壕包和血肉之躯上。坦克轰鸣着碾过焦黑的土墙，冒着火舌，残忍地撕咬着军士。老杰克眼睁睁地看着面前躺倒一具又一具尸体。他呆住了。他不知自己的选择是否是正确的。他不知自己是否应该把战友丢下送死，自己逃之夭夭苟且偷生。他痛苦地抱头趴在地上哭了起来。接着他抬头，炮火、子弹、断肢，一切的一切映入眼帘。突然他拉开枪栓跳进了战壕，发了疯一般向德军开火。手雷沿着死亡的弧线飞进战壕，炸断了老杰克的一根肋骨。老杰克痛苦地咳嗽了两声便爬起来继续战斗。

"撤退，撤退！斯普林菲尔德中校下令撤退了！"忽然有人叫喊道，"丘吉尔要放弃加莱了，我们都被那老不死的骗了！都跑吧，中校下令去敦刻尔克！"守军听到命令开始溃逃。德军的装甲部队恣意向前推进，又刮起了一阵腥风血雨。

老杰克愣住了。这是他等了几个月的那道命令。家乡的诱惑驱动他双腿不住地往回跑。但仅仅跑了两步，老杰克的脚便站在了原地。他眼神一瞬间充满了坚定。他想到了无数的战友、长官，他想起了自己的使命。他不能弃阵地而去。

他已经做好了他的选择。

老杰克看到诺顿也在往后方跑了。"喂！小子，回来！"

诺顿惊诧地看到老杰克还在原地站着。"老油条，怎么还不撤？这是命令啊，你不是就盼着回家吗？"

"让胖老头躲在唐宁街自己对着地图下他的命令去吧。我不走啦，总要有人给你们殿后啊。来，小子，帮我拿着这个。"老杰克把那张照片递给了诺顿。他最后喝了一口威士忌，把酒瓶也给了诺顿。

"敬光荣的使命。"老杰克说，转身又返回了战场。

诺顿抬头，惊觉老杰克并非孤身奋战——无数勇士仍然坚守着阵地，誓要捍卫战友和荣誉。诺顿猛灌了一大口手中的威士忌，最后望了一眼老杰克被火光照亮、沧桑却矫健的背影。

"敬光荣的使命。"诺顿喃喃地说。

又一颗炮弹落在第三指挥所的旁边。德军强大的装甲火力将英军压制在战壕中，不给他们一丝喘息的机会。炮火如雨洒向英国人的头顶，战壕中很快横死一片。斯普林菲尔德中校手中的司登式冲锋枪正咆哮着向敌人倾泻着弹药与怒火。中校身边许多人都倒下了。但又有许多士兵补上。狮旗下并无一人后退。

海一般的德军终于退却。中校深舒一口气，尽管他心知敌人很快将以猛烈的姿态反扑。

"中校，预计我营在刚刚的交火中死伤三十人。"

中校将枪狠狠一掷。"再这样下去我们没几天就要死光了！"他说着又猛捶了一下桌子，"援军什么时候才能到？"

"目前没有消息，中校！"

"这是真要把我们抛弃在这儿啊……"中校仰天长叹。

斯普林菲尔德中校走到外面抽了一支雪茄。他盯着陈尸遍地的战壕沉思良久。他吐出一缕白烟,他感到自己手下的士兵的生命此刻就如那烟一般缥缈。中校十五年的军旅生涯让他对于部下的生命格外珍惜。

中校的记忆闪回至那年的西班牙,那时他是一个心比天高的人,是国际纵队的一名光荣战士,在爱兵如子的霍特上校手下做通信兵。可就在马德里被围困时,由于上级的误判,援军未能及时赶到,斯普林菲尔德所在的部队几乎被全歼,霍特上校战斗至最后一刻。他无法再经历一次同样的事情。

他现在只想把这帮小伙子带回英国,带回家。但似乎这期盼也随那烟气飘入灰野了。

当晚德军进攻时中校刚准备打个盹。他立刻弹起来,抄起冲锋枪便冲出指挥所。德国人乘着黑夜发动了猛攻,英军被打了个措手不及。中校心中大呼不妙,忙不迭边传令严阵防守、边用冲锋枪招呼豺狼般的敌人。"帝国军马"以破竹之势冲向战壕,斯图卡尖啸着投下致命的炸弹。中校很快挂彩,其他战士也一个接一个倒下。

"赶紧继续呼叫援军,我们可能连今晚都撑不过了。"中校向通信兵大喊。

"没有援军了,中校。准将给了命令,坚守阵地,为敦刻尔克的大军撤退争取时间。上头要放弃加莱了。"

斯普林菲尔德中校即使早已做好准备,但心还是不禁在听到这个命令时一颤。现在他和他的部队,连同此地的四千人,都要像当年国际纵队的勇士们一样，成了法西斯手下的冤魂。不，不能这样，他得做点儿什么。

中校忽地抬起头来。

他已经做好了他的选择。

"传令下去，我营就地解散，全都去敦刻尔克，去那里，回家！"

几分钟后，愤怒的准将冲入第三指挥所。"斯普林菲尔德中校！解释一下为什么你的士兵全在逃跑，并且全都说是来自你的命令。"

"是我让他们撤退的。我不会让我的士兵留在这里等死。"

"中校，我劝你想好这样做的后果。现在撤回命令还不至于上军事法庭。"

"准将，我确信做出了正确的决定。"

"那好。拿下斯普林菲尔德中校。乔斯·斯普林菲尔德，从此刻起，你被解职了。"

斯普林菲尔德在两名士兵的压制下跪在地上，他湖蓝的双眼中透出无尽的坚定。从他下达这道命令，至他被审判之时，他将一直无悔于他做出的选择。

知更鸟欢快地叫着，午后的阳光透过薄雾照进唐宁街10号的窗户，温斯顿·丘吉尔却全无享受的雅兴。几十万英法联军正在欧洲大陆上被希特勒的装甲部队逼向法国海岸，生死难料。

"首相先生，古德里安的部队今日向西推进了四十英里。"

"首相先生，我军今晨与德军交火，遭受重创！"

"首相先生，我军已撤至敦刻尔克海岸，无路可退。"

丘吉尔静听着一段又一段令人绝望的战报，颤抖着摘下眼镜。"我们有多少兵力在那里？"

"几乎全国的军队都在那里，首相先生。"

"你是说大英帝国的军队将在未来几天在那里全军覆没吗？"

"恐怕是的，首相先生。"

丘吉尔叹了口气。他才坐上这把首相之椅几天时间。于己，于国，于民，他都必须把这支军队平平安安救回来。

"首相先生，加莱还驻有一支四千人的军队。"

"或许可以命他们吸引德军火力，为敦刻尔克的军队争取时间。"陆军大臣进谏道。"但那无异于让这支部队自杀。容我斟酌一段时间，先生们。"首相皱起了眉头。

丘吉尔失魂般走出官邸，伦敦仍旧笼罩在雾霭中，一如他心头那团霾。那个被人们争论了数百年的电车难题又一次被搬上了台面。是杀一救五，抑或杀五救一？这个问题从未有过正确答案，丘吉尔心中也没有。但他清楚这是拯救战局的唯一方法，而他必须在十二小时内完成这道选择题。

丘吉尔独自在路上走着。他看到了。他听到了。每个行人似乎都戴着一朵小小的乌云。每个人都垂头丧气，因为他们知道自己的国家在海的对面失利了。他们所有人都知道那法西斯魔头在一个个夺走那些勇士的生命。此刻无数的声音开始在丘吉尔脑中响起。

"战场上总会有牺牲，必须把损失减到最小。"

"不能厚此薄彼，要一视同仁。"

"法西斯是可怕的,要为对抗它保留有生力量。"

"四十万人是命,四千人也是命。"

"……"

丘吉尔忽而抬头,看到一个小姑娘高举着一个标语牌,上面文字清晰可见,分明是:为了战胜法西斯我甘愿献出生命。

丘吉尔霎时哽咽了。他感受到了。他体会到了。每个行人似乎都带着一颗向死而生之心。每个人都扬眉吐气,因为他们将会为自己的祖国奉献一切。瞬间无数的感想涌上首相的心。他清楚放弃大军将意味着英国本土乃至全世界万万人民将惨遭法西斯的奴役。此乃为国家之大义,为更多人能够活下来而做的艰难抉择。他合上眼,最后一次为加莱的四千位真正的英雄祈祷。

他已经做好了他的选择。

"命令尼克尔森准将率领加莱守军坚守并持续袭扰德军,必要的话做好战死的准备。"丘吉尔在当天晚些时候的内阁会议上如是说,"不计一切代价把我们的小伙子从敦刻尔克的海滩上弄回来。"

"不好意思,首相,您是说要让加莱的部队去送死?"

"你还要我再说一遍吗?我真该下地狱,我们全都会下地狱!哦,该死的,我的人民渴求胜利,加莱的人们也一样!这就是我坐在这个位置的原因!"丘吉尔用力一拍自己的椅子。

"哦,愿上帝保佑我。"

漫漫海风吹拂着海中的一艘小渔船。万里清波颠着一叶小孤舟,阳光洒在海面上灿金如火,海鸥乘着和风扑扇着翅膀。罗尼和妈妈撒下渔网,捕上一网小鱼。

自从爸爸返回军队后,罗尼便从大学辍学了。妈妈一个人仅靠捕鱼无法支撑他的学业,于是他返回家乡帮助母亲分担几许生活的重压。

归岸。罗尼卖鱼时买了一份报纸,他看到加莱港的惨状,看到英军在敦刻尔克的撤退行动。他知道爸爸的部队驻守在加莱,但前几天另一个从加莱活着回来的男孩儿说相当一部分人从那里幸存了下来。或许爸爸跟随英军回来了呢,但又或许爸爸已经在加莱捐躯了。罗尼不敢想这些。

罗尼看到了熟人。"嗨,乔治叔叔,买鱼吗?"罗尼问道。乔治叔叔过来拍了拍罗尼的肩膀。"来两条。"乔治叔叔满脸愁容地说道,"我侄子今天不知道发什么疯,非要开个小船去什么敦刻尔克救英国军队。要是他们就能把英军救回来,那也不会有什么败仗了。"

当晚罗尼没有睡着。他脑子里一直是乔治叔叔白天的话。若是他也去法国呢?若是他也帮着救回几个人呢?他当然明白,此去定是险象环生、凶多吉少,但哪怕他能够救到一个人呢?一个就够!

但他仍记得斯图卡轰炸时令人窒息的浓烟。英吉利海峡此刻并不安全,德军的飞机、潜艇正在此严阵以待,誓要将这支大军全歼于欧洲大陆上。

如果爸爸在,他肯定会义无反顾地去吧。他知道,爸爸平时吊儿郎当的外表下有着一颗热忱之心。或许爸爸此刻就是在救人呢？

罗尼想要救人。他顾不得德军是否封锁了海峡。他想尽自己一点儿绵薄之力，至少拯救一条性命。

他已经做好了他的选择。

第二天罗尼吻了吻熟睡的母亲的额头便出发了。他将母亲托付给乔治叔叔照顾。而他，拔起船锚，将远航，向着生命的彼岸远航。

几天后在敦刻尔克的海边，几乎填满地平线的救援船只将令罗尼热泪盈眶。

"BBC报道：'皇家远征军英勇奋战，加莱幸存士兵讲述英雄事迹。''平民自发前往敦刻尔克施救，三十四万英法联军成功返回英国本土。'"

灰袍的行者跟随乌鸦又走过一个城市。千百年来灰袍下的它被称为"死神"，背负着人类的愤恨和厌恶。但人们没有意识到的是，是他们自己的选择，牵着枯槁的双手，拉着朽腐的大腿，给它滋补了美味。而在所有那些选择中，最令它垂涎欲滴的一个，名叫战争。

而白袍的行者同样在天空中游荡。在那战争的残酷中，它也能看到，不同的人们为拯救生命而做出的选择。他们或许立场不同、地位不同，但他们俱在这暗世里点起了不亮的烛光。

指导教师：高　思

梦

◎2025 届初中 7 班　罗雨桐

我在一种诡异的温馨中醒来，母亲坐在沙发上，电视机屏幕的红光把她映得朦胧。

我耳朵充满了杂碎的、熟悉的声音，那是热油在锅里翻滚的噼啪响声。主持人用字正腔圆到失真的调子介绍着春晚节目，母亲握着遥控器一动不动。

我的面庞感受着阳光，那么温暖，甚至带一点儿炙热，可四周是灰暗的，窗帘紧闭。

很久以后，眼前仍然是母亲看电视的场景，但当我走近她面前时却感到无比陌生，她的脸始终模糊不清。

"妈，我还以为是你在做饭呢。"

话一出口，我便否定了自己，她明明一直坐在这里看电视。

母亲不回答。她僵硬得好像一个木偶，轻盈得好像一个影子。我走向厨房，穿着围裙的人影在颠勺，厨房却没有任何味道。她背对我，不停地颠勺，不停地翻炒，我却看不清她的炒锅里到底是什么，也看不到她的样子。她样貌似乎一直在变，我认不出，如果这是母亲，那沙发上的是谁呢。

我对这个房子有无比熟悉的陌生感，它内里的一切与我家都相似，可当我仔细辨认时，总有某些地方不同，又说不出是哪里不同。就在我意识到这不是我家时，母亲的身形开始扭曲，和家的场景融为一体。电视机，炒菜声，什么都没有了，这间屋子死寂下来。

　　我感到这里在变冷，太阳无影无踪，再次凝视这里时，顿时非常阴冷。我好像被包裹起来，只能看到某件物品上的纹理，古怪中包含了一丝安全感。我就在这巨物的包裹中呼吸、呼吸、呼吸、呼吸、呼吸……没有任何其他的动作可做。

指导教师：黄偲奇

金　　鱼

◎2025 届高中 1 班　赵予涵

我背着书包从地铁站口楼梯走下来，刷卡进站。

感觉人中上像有受潮的水滴落。地铁站年久失修，走廊的墙皮剥落，苔藓从皲裂的墙面中长出来，那是一种极具现代化的萧条。一块一块发霉的多边形掉在墙角，形状像碎玻璃，但映照出几十个在灯下扭曲的、小小的我。

我深深地望向那里，然后变成好奇心的傀儡，我看见那些多边形，是玻璃……谁把碎玻璃扔在地铁站墙角？缺德。但我还是毫不犹豫地走过去，走进一片白而闪亮的世界，然后在一片琉璃般的茫然中抬头。鱼缸、金鱼、我。这几个词交替着闪过。

然后我在玻璃的反射中看到一双手。

我惊了一下，脑中像响起一道惊雷，眼前好像都被亮紫色飘带遮住了，被风吹起来噗噜噜地响。就像荒原上忽然出现的不是一抹绿洲，而是一条硕大的、带着光鲜鳞片的金鱼。我跌坐在地上，顾不上路人惊奇的目光，脱了力，本能地依靠双手不断向后挪动……

我背着书包从地铁站口楼梯走下来，刷卡进站。

没有金鱼，没有玻璃，没有墙皮。潮湿的空气让我不适，感觉嘴上像长了浮萍，我用手背抹了抹鼻子，后知后觉地发现自己流出暗红的鼻血，都滴落在手上，干涸顿在人中了。然后才用沾着朱砂红水彩颜料的手指捏住鼻翼，大脑被噎死了，红色液体潮水一样地冲刷上蹿，分不清真凶是倒灌的鼻血还是涮笔筒里的水彩颜料。

跃 龙 门

我去市场上买了一条鲫鱼，在拐角那家新开的鱼铺。

大婶儿操着外地口音招徕着，"很便宜的嘞，都新鲜着哪！"我刚转身想走，身后吆喝一句，"姐！买给你家娃吧，优质蛋白！"我心念一动，掏出手机给女儿发了一条消息，告诉她今晚有鱼汤。

"那就给我来一条吧。"

卖鱼的大婶儿喜笑颜开，连声称好，捞了一条鱼，抓着鱼尾放到砧板上扑腾着，敲了两下鱼头便不动了，刮鳞、开膛、掏鳃，鱼泡、鱼子从一团烂肉里托生。

"我刚下地铁，不想吃。"手机振动，消息框弹出来。

矫情。我把手机息了屏。

"你家娃儿吃不吃鱼眼珠？营养价值特别高，我顺便帮你把眼珠挖出来咯。"大婶儿手上动作麻利，鱼鳃被刀尖挑出来，带着暗红的血。那只鱼竭力抖动扑腾起来，那双混浊泛黄的眼睛死死绞着我的脖颈儿。我想起素食者们讲万物生灵，想起前几天在新闻上看到那只被宰杀之前流着泪呼哧呼哧喘着气的牛，想起前几天在寺庙香火气中，低伏着，看到过佛祖慈悲的一角。

这是为了她好。

阿弥陀佛。

金　　鱼

"嗐，班里又剩你一个人，快走了。上体育课去。"

我敷衍地嗯嗯两声，同学没再理我，顺手啪的一声关上门。闸门闭合后就是属于画作的巨幕舞台，追光随着我起笔落笔，铅笔画出一道近乎完美的弧，我想起那只金鱼，太阳穴猛地一刺，落笔便错，走走停停，然后看着断崖一样不规则的线条，又举起笔来向着光摆弄轮廓。

我揉了揉眼睛，看见窗帘下的一双腿荡啊荡的，女孩儿手上缠着亮紫色的飘带，时不时地在手指上活动一下，余晖都是她的陪衬，轮廓都是勾上金边的。然后她手撑着窗台，三两步蹦跳下来，穿过成群的桌椅，像是穿过深海的鱼群。

三秒，刚好三秒。足以让目光交汇然后穿透我，成为我。

那个身影动人、亲切。我现在方知没好好学文化课的坏处，我梦寐以求的在水伊人，举手投足间散发着文艺复兴时期画作上的美，像是在梦里见过一样，我能清晰形容出她的面容：林黛玉样细长而平的眉，克利奥帕特拉那样漆黑的头发，我想不出怎么形容那双眼睛……像中世纪的油画。她的每一步都是光明而蓬勃的……缪斯，在珍珠与海浪中诞生的阿佛洛狄忒啊。我有着一个艺术家天生对美的敏感，三笔两笔勾出她的轮廓，又细细地描摹了五官，唯独画不出她的眼睛。

我看过你的画。我觉得她的目光炽热，像灼着我。

我抱着桌上一摞画纸，带点儿警惕地看着她。

"你叫什么名字，隔壁班的？"

她说她叫路人甲。

"你的名字很特别，你别生气。你真的叫这个吗？"

路人甲没搭理我这一茬儿，说道："你没见过真正的金鱼，所以才改。"

"我见过，我家养过。"我反驳。

路人甲摇摇头，在我背后找了个舒服的姿势握住我的手，"别生气，你要学吗？我会教你。"路人甲眼神一瞟，看到我的画里有她，不禁一笑。

我感觉有什么东西无声地燃烧："我看到你，就画了。"

"你画得很好，像莫迪利亚尼。"

莫迪利亚尼？我脑子一蒙，想不起来他是谁。

路人甲笑了一下，然后让我随着她的线条飞舞。

跃 龙 门

门嘎吱一声响了。

我甩了甩手上的水从厨房探出头来看她。

她把包往沙发上一扔，整个人瘫在上面，吸了吸鼻子嫌弃道："一股子腥味儿，又做鱼汤啊？"

我不爱听这话，转身回到厨房，紧了紧腰上的围裙。随口回道："还不是给你做的，你学得那么辛苦，妈给你开个小灶，你呀，要想报答我，就考个市重点吧。"鱼血渗进木头砧板里，污水和血迹斑驳着围裙，我又想起菜市场乌烟瘴气和破旧灯泡的重影，路人们模糊的脸。我缓过神来："……对了，在学校怎么样？"

"用不着。"她说，小声嘟囔了一句，"考上了市重点又怎样？我高二一样要去考美院，我不用你管。"轻飘飘的，像在说一句和我毫无关系的话，就像她的人生，脱轨电车一样无可避免，无法截停地向前驶去。

"……你又整天想那些没用的？"

我用两只手卡住鱼鳃，用力地蜷缩手指，收紧，再收紧。用力，再用力。

"你问我在学校过得怎么样？"她生硬地岔开话题，"这几周还算不错吧，我遇到了一个人，她也……和我很像。"

"美院？"我深吸了一口气。

我听见她的声音有点儿颤抖了："没有。"

我看见它的鳃在抽动，在砧板上像一朵血红的肉花绽开，全部爆裂了，我冷漠地用刀刃划开它的肚子，让冰冷的器具探寻它的肌理，于是我想，早一点儿顺从不就好了吗？我开始把它想象成一个人，这里就变成凶杀案现场。人生不如意十有八九，我要养着女儿，要还房贷，要打那份挣不了几个钱的工。因此常常用这种方式慰藉自己，把放在砧板上的蔬菜、牛羊猪肉想象成我讨厌的老板、房东，甚至是我自己。但这次的画面在我眼前像二十世纪八十年代的电视机一样锐化后失真了，那只鱼变成我女儿的脸。

我一刀一刀地剁下去，让血都溅落在我脸上。

金　　鱼

我觉得有点儿压抑，推开窗，呼吸一口全是泔水味儿的空气。然后看到路人甲在楼下插着兜，她手腕上缠着的紫色飘带在风中自由地飘啊飘，一路走来像荧光河流。路人甲点点头，"我记着呢，你的画。"她用指节轻轻敲了敲桌面。

我提不起兴致作画。她倒是自然而然地握笔，手腕回勾甩出一道墨痕，当作是金鱼的尾鳍，后面几笔画得随性，那是生命力健美的线条，弯曲的，弧形的，我脑子里却浮现出数学课上老师讲的二次函数……遥远的声音和图像重叠了，必拿分的，做不对就不配上好学校的，明明是线条，怎么能被赋予这么多含义？

我想得烦躁，把素描纸一把扯过来。她笔尖猛地停下，按住纸一笔顿下去，银白色剑刃似的钢笔好像划破光阴，墨水都顺着纸张的纹路渗出来，像黑色的海水冲刷沙滩。

别画了。我把那张画纸轻轻地压在书页最下面。

路人甲轻轻地抬起我的手，把那张画纸抽出来，好像没看到那块泅上去的墨，自顾自地继续勾勒。我开始怀念那些穿插着的瞬间，好像在悼念之前我作为一个"正常人"的生活，悼念那个传统的、衡水式的我。如果是我刚见到路人甲那会儿，我会毫不犹豫地告诉我自己：我是苍白的，我的生活是灰暗的。我的艺术是鲜活的，是我学习生活中唯一的亮色。

但是现在呢？

我说了别画！我很烦……我把那幅画抢过来，不慎撕了一道。

"没关系，你看。现在是断臂的维纳斯了。"她的眼睛在光下通透而纯粹，像鱼眼上那层晶莹剔透的膜，像是在海里。和我格格不入，她把房间里灰暗的窗帘和布满青苔的鱼缸都点亮了，她不应该像我——眉如杂草，头发毫无力气地耷拉着，半死不活地在印象中的白墙上用红漆刷上一只又一只金鱼。

我后知后觉地意识到这种感情名为"恐惧"，以及对自己未来人生的迷茫。故事到这里已经近乎一出四幕悲剧，我和来历不明却一见如故的路人甲启幕般相遇，谢幕就是在那个鱼缸般椭圆扭曲的世界里。我的世界观像油画上干掉的颜料，一片一片地被剥离了，路人甲和妈好像都在逼我。当艺术变成强权，艺术本身的意义是什么，现实的意义是什么，我又是什么？我脑子里一团乱麻，好像要和萍水相逢的人分享整个人生，又好像要规规矩矩地两次踏入同一条河流。

我把那支钢笔狠狠抛出去，飞出的轨迹像她飘逸的笔锋，像二次函数，像倒着的英文字母"U"。

跃 龙 门

刀落在案板上的声音停下来，我提着刀转头看向她房间关上的门。

刚才的声嘶力竭让我头晕，愣神过后像古生物学家切片一样把鱼头从中劈开，洗净，油炸后放入汤中，我往汤里下了花椒八角，提鲜的味精，然后舀起一勺放在嘴边吹了吹，很腥，良药苦口。

我戴着棉手套，端着鱼汤推门而入，汤里有大块的鱼头，油腻的胶质膜裹着它，一层乳白的嘌呤浮在汤上。只是鱼眼珠向外凸。喝了吧，胶原蛋白多。我余光撇向她桌子上撕碎的画纸，沉下脸来。

"你再成天画画！"我气急，把鱼汤当的一声砸在桌子上，鱼眼珠都颤抖。"我把它撕了。"她垂着眼睛，肩膀也在颤抖。

房间的角落墙皮外翻，有些霉变了。一支还没用旧的钢笔躺在那儿，一股一股地把墨水吐出来。地板被染黑了，斗折蛇行的墨色蔓延到我脚边，枝干一样地在地板上飞速生长。好好地拿东西撒气干什么呀？！我又忍不住数落了一句。她看了一眼桌子上的鱼汤，鱼眼好像也在注视着她，她双手抱住膝盖，整个人在椅子上蜷缩起来，把头埋得很低很低，然后闷闷地重复："我不要再画了，我不要了。"

"知道就好。"我有点儿心疼了，"赶紧喝了，认真学吧。"

在门缝合上的那一刻，我看到一条紫色的带子。

……那是什么东西？

女儿在给鱼缸里的金鱼喂食，看着它们一颗一颗地吞下去，因为饥饿不断撞着玻璃壁。然后我依稀看见一个人影，不属于我女儿，她蹲在地面上涂抹着墨水，我们的视线对上了，她的眼眶内漆黑一片。

像鱼一样，像金鱼一样，是一只色彩斑斓、被剜出眼珠的金鱼。

金　　鱼

我靠着她，两人合用耳机，桌上是散乱的复习资料，层层叠叠的，我嘴里念念有词地背，头倒在路人甲肩上。暖黄的灯光在黑暗中格外柔和，氤氲而温暖，勾勒路人甲的侧脸像文艺复兴时期的《宝座上的圣母》。

路人甲突然问："你还在画？"

"我说……"

"我说我的生活要回归正轨了，说我不再画了。那都是骗人，我一拿起笔，什么前途什么人生，忘得一干二净。"

路人甲笑："你很执着嘛。话说回来，你们家的金鱼我看过了。"

"很可怜吧，被别人的喜怒强加在身上。"我苦笑两声，然后想到自己。

路人甲站起来，半张脸陷入黑暗里。你和它一样。我听见她这么说，你也想做那只金鱼吗？路人甲的声音回荡在空旷的教室里，振聋发聩，她那双明亮的眼睛在灯光下影影绰绰，我一时失语，说什么都太僵硬了。

……你也想一辈子顺着别人的意思，也想被他们的喜恶强加，也想一头撞在玻璃上，一辈子出不来吗？

我会教你。

我摇摇头，望眼欲穿："你疯了。"

与此同时，我感到痛苦如根须般在我脚下生长。她和母亲发生了宿命般的重合，像火车必然相撞那样，无法截停的是我的人生。我在分裂和拉扯中被迫随遇而安，她们把我扯出一道巨大的裂痕，从头顶到胸口，足足有五十厘米。就好像有个人把你从白纸一样的冰天雪地中拉出，来到一个色彩斑斓的房间里问："你能相信吗？你看见过颜色吗？你知道什么是色彩吗？"然后就要你起誓把每一个角落都染上颜色，把以前的日子全部抹杀，而你每天的工作就是为它涂上一层又一层的颜色，直到你老，直到你死！他没有道理，没有对错，只有用一种压迫另一种，用一种取代另一种之说。现在摆在我眼前的只有两条路，不会有第三条，绝不可能，也绝不需要。太残忍了，太可笑了，我想。

路人甲浅浅地笑，她站起来，逆着光，居高临下望着我，我看不到她的眼睛。我等着你。

莫迪利亚尼

中年女人捻着衣角，搓掉手上一层薄汗。

"妈给你找了个大师……让他帮你看看。没事的啊，会好起来的……"她把背挺得很直，仿佛能亲眼看到佛祖，佛珠滑落，凉得彻骨。

她咽了口唾沫，垂着眼睛，好像不忍心再说下去。她女儿面无表情看着眼前所谓的大师，把桌子上曾经布满的画纸都一口气扫在地上，女人上前打掉她的手。别疯了！

我看见升腾的白烟像蛇一样盘曲攀附向天花板，檀木香灰飘散在整个房间。大师从宽大的袖袍中抽出一把黄符，仰头撒向天空，嘟嘟囔囔念着什么咒语。我好像能透过他的眼睛看到火光。他把宽大的袖袍挥舞起来,像野火灼痛她。女儿的表情古怪,接着在火光的折射中扭曲起来。

度一切苦厄。

"那都是假的!"我和中年女人目光相接,我看到她一脸的晶莹剔透,水花四溅。她声嘶力竭地吼:"从她身边滚出去!"

他缓慢地跃动起来,于是我也与她在暖黄的灯光下共舞,就在漫地书页间旋转舞步,两个舞步竟产生奇异的重合,当大师合上双臂的瞬间便是华尔兹进行到的高潮部分,我们单手旋转,迈着后退方步。于是大师也猛地从地面上跃起,泛黄的袖袍像华尔兹的幕布。她就这样独自一个人,也在屋子里跳着属于我们的舞步,她的舞步简约而流畅,手臂的弧度呈现出一种几何线条,沿着上一个终点的切线又旋转起来,黄金螺旋,她校服的衣摆也翩飞,与大师褪色的僧服形成一种有趣的对照,化成相生相克的太极图。

"你一直不知道莫迪利亚尼。"我说。

她看着我:"当我洞悉你的灵魂,我会画出你的眼睛。你不了解我,一点儿也不。"我笑了:"一点儿也没错。"

我就是你,是你欲望的投射,我们那么相似,像是镜子的两端。你在外面,照出来的就是我的影子。有人说莫迪利亚尼就是一块填不满的空白。你也一样。

她抿了抿嘴,眼神比皲裂更无声。

金　鱼

　　我耳畔风声骤起，睁眼是一片丛林，手上的亮色飘带一如我第一天见到路人甲时。它们飘到我身上来，缠绕着我，挣不开，然后跌倒。

　　路人甲始终在我身后，她盯着我，缓步走过来，蹲下帮我挑挑拣拣身上的飘带，充满悲悯地看着我。

　　"你一定要做那只金鱼。"她也像条金鱼似的温顺地说，然后双手拽紧了我脖子上的彩带，我被突如其来的窒息感吓了一跳，求生的本能驱使着我，用力掰着她的手指不断向后挪动。

　　我喘着气："我只是在找一个……真的我！我不能一辈子待在幻想里……你是假的！"路人甲松开了我，眼神向下瞥："如果你想，我就是真的。"

　　"我……"我干呕两声，"你一直在逼我，你逼我选。是你把我的生活搅乱，我偏不如你的意！"

　　我像莫迪利亚尼……是。我确实很像他，莫迪利亚尼不要平淡无奇，也不要剑走偏锋，他说百年无极，是要有冲破一切的勇气，束缚的，与热爱的。我是杂糅的，也被困于琐事和热爱之间，我的灵魂是自由的，我能选择我自己的人生，也愿意把那些枯燥的苍白的当作向上的阶梯，把艺术作为调剂，我愿意自己掌控生活，别被生活反杀。

　　路人甲松开手："回去看看吧，鱼缸，要裂开了。"

　　我猛地喘了几口气，连滚带爬地跑。我回头看她，还只是站在那里,像月亮一样的亮,一样的白。

我背着书包从地铁站口楼梯走下来,刷卡进站。

手机上弹出妈妈的信息,一条十几秒的语音:下午嘭的一声,咱家那鱼缸炸开了。金鱼被我给放在小区那块假山石下的水池子里了,它也自由了。

我抬眼看向路边椭圆的倒车镜,能映出自己的眼睛。

指导教师:高　思

被白色覆盖的地方[1]

◎2022 届高中 1 班　尹思琳

十二岁以前我都住在乡下的老家,和母亲还有外祖母一起生活。那是座不大的镇子,所有人都叫它白镇。

"就是那个被白色覆盖的地方",外乡人总是这么描述它。在这里,一年之中有一多半的时间是冬天,夏季、秋季永远都是转瞬即逝的。离开这里之前,我从未见过春天。

"维纳姆"的来历不是个秘密,这并非由我的任何一个长辈告诉我。镇里的人从不对我提起它,每当我问起时,他们只会对我说:"等你长大就知道了。"但没有任何事情可以阻止一个孩子的好奇心,尤其是当他很少表现出这一特征时。这种执念一旦产生,就会变得相当可怕。

九岁那年,我在镇里的集市上看到了一个老人。集市算是除了卧室外我喜欢的地方之一,那里的景象我记得十分清楚:漫长的冬季从不能磨损白镇的热闹,商人们在那里大声叫卖,大人们上前问价,好几家合在一起,听不清楚在说什么;街角

---

[1] 此文已发表于《中国校园文学》。

有人在打架，摔倒时脚底踩住了格纹布，掀翻了一地的泥人玩偶；几个和我差不多大的孩子大笑着跑过来，撞到我，从怀里落下一个冰雕，摔了个粉碎。在这样的情境下，你很难不注意到她。

她面前摊着一块深紫色的绒布，除了破旧外没有任何特点。在那块布上有一摞同样陈旧的牌——比扑克牌长一点儿，画着很复杂的花纹。

她只是闭着眼盘坐在那里，一言不发，也没有一点儿动作，只有胸口在缓慢地起伏，证明她还活着。我瞪大眼睛盯着她，在那里确实存在着一种我从未见过的氛围：深沉、宁静，又遥远。她仿佛从一出生就是融在泥土里的，又或者她根本不属于土地。

母亲在路过她的小摊时告诉我，那是吉卜赛人。他们都是乞丐，除了到处流浪混日子什么也不会做。我看着她白色的发旋，没有回应，下意识地跟着母亲向前走。

突然，我的视线对上了一双漆黑的眼睛，几乎吓了我一跳——我从未见过那样漆黑的东西。

她看着我，小声说了句什么，我没听清。

然后她又带着奇特的口音更大声地重复了一遍。即便母亲尖叫着迅速堵上了我的耳朵，我还是听见了。

她说："那将会是一场火。"

我愣在原地。母亲简直像疯了一样冲上去。我发誓我从未见过那样的母亲，她踩着裙摆冲上去，几乎要摔倒，鞋底扯烂了绒布，撞散了纸牌；她揪住那个老人的衣领歇斯底里地吼道：

"你这个老疯子！还不够吗？你到底还想做什么！"

老人将手覆在她的手上，深深地看着母亲，几乎是悲悯地吐出了两个音节：

"救他。"

母亲眼眶通红，慢慢将头低了下去。

"不许你靠近我儿子……不许……你这个自私肮脏的疯子……"她双手颤抖得厉害，老人似乎是想要握住它们，但被母亲一把拍开。最后母亲用嘶哑的声音说道：

"你们都应该下地狱。"

然后，母亲用仍在发抖的双手将我拉走了。我从后面仰视着她，感觉她从未如此疲倦。

吃完晚饭，母亲将我锁在了二楼的房间里。我把自己蒙在被子里，快速又凌乱地做了许多梦，却一个也没记住。

在某一个瞬间我突然从睡梦中挣扎出来，起身看了一眼挂钟，凌晨两点半。时间差不多了，我告诉自己。

我下床走近门板，然后将耳朵贴上去，屏住呼吸——在一片寂静中，我听不到任何声音。所有人都睡熟了。我胡乱套上外套和裤子，穿上我在房间里能找到的最厚的羊毛袜和棉拖鞋，踮起脚小心翼翼地走到窗边。

冷风和细碎的雪花在我拉开窗户的瞬间呼啸而入，吹起被月光照得透亮的窗帘，打在我脸上。我原以为我会胆怯，但在那一瞬间，我突然涌起了一股古怪的勇气。没有一丝犹豫，我猛地跳了下去。

如果这一幕被第二个人看见，大概会觉得相当滑稽——我被整个拍进了雪里，缓了好一会儿才从人形的深坑里挣扎着起身。我踉跄着走了两步，然后逐渐感觉能够正常行走了，脚步变得急促；我感觉双腿越来越轻盈，内心是一片空白。那里此刻正回响着无名的喜悦，并因此而颤抖。我还是在奔跑，我确定我只是在奔跑，一路跑向集市。

在那位老人开口的一瞬间，我就明白了她在尝试告诉我什么。是维纳姆，那个被所有人闭口不谈的秘密。而我现在有一种预感，她会在那里等我。

上气不接下气地跑到集市后，我看到一个朦胧的人影。我松了一口气，与此同时感觉再也跑不动了。我放缓脚步，感觉肺部灌满了空气。脚印间的距离越来越近，最后，我站定在她身前。

在我停下的这一刻，疼痛才悄然到来。我发现拖鞋不知道什么时候掉了，此刻我的双脚与羊毛粘在一起，又冷又湿，疼得要命。

这时我脑海里蹦出来的第一句话居然是"晚上好"。于是我这么说了。

她用那双奇特的黑眼睛看过来，没有说话。但我感觉我已经得到了回应。她缓慢地抬起手，用拇指摩挲过我的眼睛。我闭着眼睛，感觉她好像是在描绘一个什么图案。

她的皮肤很粗糙，很快我就开始觉得痒了。奇怪的是，我的脚好像慢慢地没有那么疼了。

"这是什么？"我忍不住问道。

"护身符罢了。"她收回手回答道。

我睁眼看了看我的脚。它们没有任何变化,但我确定它们已经不疼了。

"这是魔法吗?"

"跟我来。"她没有回答。

"可是我还什么都没有问……"

她看着我,再一次露出了那种伤感的表情,缓缓开口:"孩子,我明白……我全都明白。"

她带着我向东面走去,我缓缓地走在她身后。她就像任何一个寻常老人一样,脚步很慢,在雪地里留下两串印迹。我们走出集市,艾格尼丝小姐——据我所知的唯一一位占卜师的房子也被我们甩在身后。我们快要走出镇子了,她还完全没有要停下来的意思。

"我们要去哪儿?"我问道。

其实在开口之前,我心中就已经有了答案。我在这里出生、长大,我知道这个方向的尽头没有别的东西。

"去一切开始的地方……"

她说话总是带着一种奇异的口音,听起来像是在唱歌。我踢了一脚雪,暗道:就不能把话说清楚吗?可能上了年纪的人就是喜欢打字谜吧。

白镇的最外围是一些废弃的木房子,盖得很简陋,从外观上判断不出以前是用来做什么的。从我出生开始它们就在这里,我也从未感到怪异。事实上我很少会走到这样靠外围的地方,小时候总会被路过的大人当作迷路送回家里,久而久之我也不再好奇了。

走出这些房子后是一片雪原。大雪不知道什么时候已经停了,此刻只能听见我在齐膝的雪地里不断将自己拔出来,又向前揳进去的声音。那个吉卜赛人仍然用仿佛永远不会有变化的速度走着,我却再也不会觉得她慢了。大概又过了十五分钟,我在白色的地平线上看见了一排黑色的锥形,它们在我的视野中不断放大、再放大。最终,我站到了它们面前。

即便是现在,回想起当时眼前所见之景,我仍然感到一阵战栗。它们看上去和书上插画里的任何一种树都不一样。看形状无疑是松树,但不同的是,树干和叶片的颜色都是漆黑的。它们比寻常的树要高大得多,我抬头完全看不到顶部。我迄今为止都没有见过可以和它们媲美的庞然大物,它们就像是地面上凭空生出的一排刺,怪异得格格不入。

"这些是什么?"我问道。

"维纳姆……你们是这么称呼的。"

"我们要进去吗?"

她点点头。

"……一定要吗?"我真诚地看向她,希望她可以改变主意。

她继续点头。

"可是我已经知道维纳姆是什么了。"

"你需要知道的不止这些。"

"那还有什么?"我有点儿着急了。我已经出来太久了,我要在母亲发现前赶回家。

她摇头回答道:"在这里不能说。"

"只要换个地方就可以了吗?"

"只有在这里。"

她毫不留情地斩断了我的希望,一个人缓缓向前走去。

她的背影逐渐走进黑暗里。我看向这片姑且称之为森林的怪物,对它的恐惧和一个人被留在原地的恐慌不断撕扯着我。说实话我现在有点儿生气,感觉被戏耍了。她凭什么就认定我需要知道什么?但事实是,后一种恐惧确实在逐渐占据上风。就在它快要胜利时,我突然看见她又从黑暗中出现了。她折回来,牵着我的手,等我开始自己迈步时才带着我向前走。她的手很暖,这种温度清晰无比地向我传达了她的存在。我看到那牵着我的手的背影,感到不可思议地安心。

我本以为森林里会是一片漆黑,事实却大出我所料。它们向里一侧的叶子上,零星地长着些发光的光点,星星一样,在树间闪烁。那些怪树的叶片看上去像织毛衣的针一样长而尖锐,我一不小心没有避开,被一根扫到了脸上。与想象中不同的是,它们竟然是柔软的。

不知道走了多久,那些光点消失不见了。这时在我身边的,不过是些长得粗壮些的普通松树。大概又过了十分钟,我眼前出现了一片空地,在那里有一座木屋,隐约透出点儿灯光。

"有人在里面吗?"

"那是我给他留的灯,"她说道,"他自己容易迷路。"

"'他'是谁?"

老人第一次陷入了沉默。

"我的诅咒。"她最后说道。

然后她眨了眨眼，看着我说道："来吧，我的孩子，让我们进去坐着说。我会把一切都告诉你的，但是现在让我们先暖和起来——尤其是你。"

不知道是不是我的错觉，她好像在见到这片空地后变成了另一个人。她身上那怪异又疏远的宁静好像突然碎了一大半。这时我才真正意识到，在我眼前的是一个掌心比我还温暖的、活着的人。

门半掩着。她直接推门进去，然后在里面插上了一个简易的门闩。

"我自己做的，还不赖是吧？"

"喔……是。"我有点儿被惊到了。

我哈出一口寒气，趁她去生火开始观察这间木屋。这是个双层的小屋，面积不大，进门处首先就是通往二楼的楼梯，然后是一个简易的厨房，再里面的墙上有一个石砌的壁炉，对面是一张长条桌子，上面放着一盏煤油灯——这就是我刚才看到的灯光了。桌旁只有一把椅子、一个小沙发；靠里的地方是一张床，上方有一个双推式的木制窗户，现在紧闭着。家具都很粗糙，看起来有些年头了。

"这间屋子是您一个人建的吗？我从来不知道森林里还有人住。"

"是我，但我不住在这里。"

"那是谁？'他'？"我甚至都不能确定这个"他"是不是人类。或许只是一条黑狗，或者是雪怪什么的——我相信雪怪是存在的。

"或许吧。"

壁炉里升起火焰,她撑着膝盖缓缓地站起来,后退着坐进沙发里,然后指向另一把椅子示意我坐下。

"好了,孩子。"

我平视着看向她漆黑的眼睛,无法从中看出任何东西。那双眼睛此刻正直直地盯向我,我却不能确定她是否在看着我。

"我现在要给你讲一个故事,我希望你可以耐心听完。"

直觉告诉我,我应该马上离开这里,回到我的床上假装什么也没有发生。但是我感觉到我自己已经点头答应了。

下面我将尽我所能详细地整理并转述出她当时所讲的这个故事:

白镇在二百多年前迎来第一个外人。

那是一个男孩儿,长着和我一样的面庞。他赤着脚一步步走向废墟,他看见倒塌的木屋重筑,墙缝里挣扎出新生的植物;六尺冰雪消融,他的足下生长出绿色的鲜花和果实……

指导教师:黄偲奇

我死去的最好的朋友

◎2022 届高中 1 班　双萱颐

我曾经分不清蝙蝠和黑鸟；我曾经爬不上 40 米高的水塔；我曾经发了疯似的向往远方；我曾经有个很温柔、很温柔的朋友，它是条黄色的土狗。

我最好的朋友是条狗，它已经死了很多年了。

是农村里常见的那种黄色土狗，短毛，尖耳朵，身体瘦长，黄褐色的眼瞳总是湿漉漉的，眼睛的形状是向下垂的。它是一只很忧郁的狗狗，沉默寡言，经常低着头沉思。

我叫它阿黄，它喊我，呜汪。

我小时候总是被各种各样恐怖的噩梦纠缠着，在深夜或者凌晨惊醒。全身发凉，眼前一片漆黑，脑子里还残留着各种鬼怪恐怖的形象，害怕得心脏狂跳，睡也睡不着，像是被鬼压床了一样动也动不了。

感觉全世界就只剩下我一个人，寂静得令人窒息。

每当这时外面远远地传来一声犬吠，我就松了一口气，明白还有别的"人"清醒着，遥远地陪伴着我。

我奶奶总是逼我吃鱼。她说吃鱼的小孩儿才聪明，长得快。但我讨厌吃鱼，讨厌鱼腥的味道，所以我总是把她夹在我碗里强迫我吃下去的鱼肉迅速压到饭的底下，趁老人家不注意的时候偷偷倒在脚边，等吃完了再把那一坨混着鱼肉和油脂的白米饭用手捡起来，去喂狗。

阿黄一开始并不信任我，我把饭放在地上以后它会远远地看着我，等我走远了它才跑过来，把饭粒都舔得一干二净。渐渐地，我跟它的距离越来越近，直到有一天，我把饭放在地上它就啪嗒啪嗒一路小跑到我跟前低头开始吃，我摸摸它的头，它不抬头，但是尾巴摇得很欢。

"说声谢谢好不好，说谢谢的才是好孩子。"我学着妈妈平时教育我的语气和它说话。

它呜呜汪汪了几声，啪嗒啪嗒甩尾巴。我认出来了这个声音。

"你也经常做噩梦吗？平时我听到的那个声音是你吧？"

"呜呜呜呜。"

"乖乖，不怕了不怕了。都是假的。"我摸摸它的头，不知道是想安慰自己还是想安慰它。

我的新朋友是只会做噩梦的狗。

从那以后它就经常在各种地方等着我。

我小时候住的地方旁边是个员工宿舍，茶色玻璃残缺不全，墙上是油烟的熏痕，从外面看就觉得脏兮兮的。里面住着很多外来务工人员的小孩，小孩之间拉帮结派，形成了互不相让的几个小团体，一见面就要打起来。我不幸不属于他们中的任何一派，只能一碰见就跑，或者仗着自己的瘦小躲在各种角落。被抓住了也没办法，他们人多势众，我只能尽量护着自己的头,等他们打尽兴了,再一个人离开。

我曾三次被打到手腕脱臼。

但是自从阿黄跟在我身边以后,那些野孩子就不敢轻易欺负我了。他们害怕它尖尖的牙齿和低沉的咆哮。但它从来不对我露出獠牙和利爪,也不对我吼,它只会在我面前低下毛茸茸的脑袋让我摸摸它的头。

和阿黄在一起的那段时间是我童年极少数的快乐时光,我跟它在田野上奔跑,捉蜻蜓和小昆虫。春天的时候漫山遍野都是金灿灿的油菜花,像一匹毛茸茸的华丽的花毯,我给它编一个花冠戴在头上,说,你是我最好的朋友,是最乖的狗狗。

永远不会背叛我,永远不会伤害我,没有目的,奉献给我全然的爱与忠诚。回想起来,我所有的朋友里,只有它做到了这些。

我百分百地信任它,把所有秘密和烦恼,还有我荒谬到可笑的愿望都说给它听。我相信它是听得懂的,因为它从不会在我跟它说话的时候把脸突然转过去,反而会用它忧郁的褐色眼睛专注地盯着我看。

田野的中心有个水塔,大概40米高。我堂哥说他上去看过,那里最高的地方能看得见蓝色的大海,连沙滩上穿着泳装的美女都能看得一清二楚。我并不太相信他的话,他说话总喜欢添油加醋过分夸张,但我确实想上去看看。我也想见见蓝色的大海,想见见更辽阔的世界。

阿黄啊,总有一天,总有一天我会离开这里的,这里太小了。什么东西都又小又破的一点儿都不好看,人也坏透了。我带你也离开，好不好？

呜呜呜。

阿黄，我在电视上看到过，一直往南走，越过很多很多的山，那里有一片蓝色的海，望不到尽头那么大，阳光在海面上闪闪发光，像……像夏天晚上的星星。沙滩是柔软的，我们可以在那里一直跑，一直跑，也不用担心摔倒了会疼。

呜呜。

阿黄，我好想快点儿长大，早点儿离开这个地方去远方看看。你知道长城吗？那在北京，是首都。要往北方走，那里冬天会下好大的雪，比我们这里还要冷好多……

这里没有海，只有黑色的河水。水面没有完全平静的时候，没有风时也是波动着的，大片大片的圆弧在水面上涌动。那条河里居住着巨大的水怪，那是它露在水面上光滑柔软的脊背。我在梦里见过好多次了，它那双巨大、阴森的眼睛。

我昨晚在梦里被那些坏孩子追赶着，在丝织厂那里，我逃啊逃，结果被地上白色的丝线绊倒缠住了，动弹不得。他们打我，我用尽全力反抗，结果杀人了，但我梦里不觉得后悔，反而很开心，我终于不是被欺负的弱小的人了。

我是坏孩子吗，阿黄？

…………

阿黄，我长大了是不是就不会做噩梦了，就没有害怕的东西了，对不对？

你不会离开我的，对不对？

只有你对我最好，不会欺负我，不会强迫我做不愿意做的事情，更不会伤害我。你是我最好的朋友。

呜呜，呜呜呜。

它低下头，用热乎乎湿漉漉的舌头舔我的手，喉咙里发出类似呜咽的叫声。

阿黄，抱抱我。我很害怕。

我坐在桥头，它靠在我的怀里，用湿漉漉的鼻子拱我，用毛茸茸的尖耳朵蹭我。

阿黄，谢谢你。你是我最好的朋友。

我是如此地向往远方，以至于我常常梦见到了夜里我家的房子就生出蜘蛛一般细长的脚，开始狂奔起来，载着我，头也不回地跑到远方。

我试着去爬了好几次水塔，但它太高了，我每次都只能筋疲力尽地中途放弃。

而且水塔是不让动物上去的，我每次去，阿黄就只能在楼梯口乖乖趴着，等着我。

我第一次成功爬到塔顶的那天是七月的一个晴天，黄昏。我筋疲力尽上气不接下气，喉咙里都满是血的味道，呼吸都觉得疼。

果然看不到海边，但我看到了远山。

远处的山被条带状的白色雾气缠绕着，草木葱茏，绿意深沉。我当时以为那雾气盘旋着的是守护着山林的巨龙。仔细看，能看到一片竹林。有一群黑色的飞鸟，在山脚下盘旋。

我后来才知道，那不是黑鸟，那是蝙蝠。

我家好小。虽然我早就知道我住的地方好小，但在高处这么一望才发现，我家真的好小。田野，工厂，桥梁，灰色的员工宿舍，一切都好小。

我突然意识到了世界的辽阔和自身的渺小，觉得自己那些烦恼可笑了。

我从塔上下来的时候阿黄还蹲在原地乖乖等着我，一见我就欢快地摇起了尾巴。

总有一天，我蹲下来，摸摸它的头，总有一天我会带你离开这个鬼地方，去看看更大的世界的，我向你保证。

我现在总觉得，诺言是不能轻易说出口的，一旦实现不了，那就成为永恒的遗憾了。

阿黄成了那些孩子的眼中钉。

他们嫉妒我，嫉妒我身边有这么一个忠诚的护卫，更看不惯我这样一个平时只能任他们欺负的小孩儿每天开开心心自由自在的。所以他们要毁掉我的快乐，让我变得和从前一样。

我从那之后经常去塔上，看夕阳，或者仅仅是望着远方出神，一待就是一下午。阿黄就在楼梯口乖乖等着我。连那些孩子都发现这点了。

所以在某一次，我上塔去的时候，他们一伙人在塔下埋伏落了单的阿黄，用石头、瓦片，还有各种各样其他的东西把它活活砸死了。

它本来可以逃掉的，但它没有。它怕我找不到它，被打成重伤了还在原地趴着等我回来。强撑着，是想要见我最后一面。

它死在我面前。死前它湿漉漉的眼睛看着我，用尽最后的力气，用带着血沫的温暖的舌头舔了舔我的手。喉咙里发出温柔的呜咽，然后就永远地闭上了眼睛。

我那天哭了很久，哭到干呕，哭到走不动路，直到我妈妈过来把我从阿黄身边死命地拽开。

"你疯了你?！抱着一条死狗不放手，脏不脏啊！"

我哭得说不出完整的句子，只能发出野兽一般撕心裂肺的哀嚎，引来了一群围观的人。

"不要！不要……把它扔掉！我不要和它分开，求求你，求求你了……不要啊……"

我用尽全身力气嘶吼着，抱紧我怀里已经死掉的阿黄。

我也不记得我到底哭了多久，可能是最后哭得精疲力竭昏过去了，妈妈才把我死命搂着阿黄的手指掰开，抱我回了家。

我在田野里大哭了好几个小时，发了高烧，精神上又受了太大的刺激，在床上躺了两天两夜才恢复。等我再去那个地方的时候，阿黄已经不在那里了。

路过的大爷说，是被扔到垃圾场里了。我在垃圾场那里疯了一样地翻了一下午垃圾都没能找到它，应该是已经被运走烧掉了。

最终我连好好安葬它都没能做到。

以前，阿黄撒完尿之后就会浑身一抖，我问妈妈为什么会这样，她说那是因为大量的热量从身体里流失了。还有你不要总是和狗玩。

阿黄死的那几天我躺在床上也一直控制不住地浑身发抖，眼泪滚烫，停都停不下来。

那之后我妈妈马上安排了搬家。她说我像中邪了一样，在这个地方再住下去就要彻底废掉了,要尽快找个新的地方。

其实我知道,是因为村里人觉得我是个疯子,居然抱着只死狗大哭大闹的,她觉得丢人了。

我一直向往着逃离那个地方,但我没想到最终是以这样一种方式实现我的理想的。这代价也太沉重了。

相比之下,我更希望阿黄能够活着。

搬新家的那天是个晴天,五月,油菜花开得正热烈。我和家具一起坐在面包车的后面,面无表情地看着金色的花海飞快地向后退去,没有感到喜悦,也没感到悲伤。

我曾经无数次梦想这个场景,要是一个月以前我坐在这个地方,我一定会又唱又跳开心得完全坐不住啊,但现在,我觉得心脏都是空的,那里被剜了一个大洞,什么情绪都兜不住。

恍惚间我看见花海里有个黄色身影一闪而过,它追逐着汽车,眼睛闪闪发光,像含着眼泪。

阿黄!

我大叫出声。再定睛一看,幻影就消失了。

阿黄,对不起!我没有做到带你一起走!

我向着一片虚空大喊,对不起,对不起,对不起!你是我最好的朋友,我不会忘了你的!

一片寂静。什么回应都没有,幻影也没再出现。

呜呜,呜汪。

我轻轻地学着它的声音,说,一路走好。

指导教师:高 思

一个女人和浴室

◎2023 届高中 9 班　王奕涵

我打开台灯。

灯胆够亮，亮得扎眼，在我卧室的桌上投下一个圆而窄的光团，笼住手稿，一半的打字机就晕进黑里。台灯好笨，不懂转弯，只会发射直来直去的光。机器后轴承一跳一跳，咔嗒咔嗒，印上字吐出纸。我想起公司新近买进两台计算机，一样鼓鼓的字母块，按下去，咔嗒咔嗒，但字和纸不从黑盒子里吐出来。

门响了，旋即是录音机轻微的沙沙声。机栝弹起、按下，咔嗒咔嗒。提琴的爆鸣在耳边炸响，我手一颤，错按下一个键。

我拉开椅子，站起身，走到房间外，抬起手，按下关闭键。回屋、坐下，撕掉打错字的废纸，放上新的。

我得以享受一室静默，直到脚步声再次从不远处传来。机栝弹起、按下、再弹起、再按下。整个屋子随着爵士鼓和镲片猛地一震。金属片的碰撞、摩擦、共振捶击着我的耳膜。

立柜里有电发铲，我把它抽出来，掐住开关钮，举近眼前，振动的刀片迸发令人眩晕的嗡鸣。

我在重金属与嘶吼声达到第三个峰值的时候径直走到另一扇门前，猛推开半掩的门。他背对着门坐在床边的桌前。只开着台灯，他身的一半融进黑里。他没有回头。

录音机的癫狂嘶吼在退却，我的耳边只余令人眩晕的嗡鸣。我上前，一把扯住他的头发，把嗡鸣的电发铲抵上他的后脑向上一推，他重心不稳地向前扑去。手上落了些刺痒的东西，我没去管。

做完这一切，转身、出门，回到我的房间，轻轻掩上门，把踉跄、叫骂、东西碎裂的声音隔在薄薄的门板外。我忽而被抽离了所有激烈的情绪。那些气都是些碳酸气，咕噜噜很快化开在这世界里。

我曾走好远好远，去尖沙咀看海。没有惊涛骇浪，也没有入途与出路，细碎的浪花从层叠的沟壑间撕开豁口转瞬即逝；或是积蓄一些力量扑向这一处岬角，又在爆发后久归于死一样的寂，好似做戏。看完海我们回去元朗，在路边摊吃鸡蛋仔，然后花掉全月薪水给他买一支电动飞发铲。我们在元朗租一间地下室。

还看见什么？街心公园的音乐喷泉变成公共关系馆，我中意的杂志档很久不发行了。死的死，我写夕阳字，入夕阳行业；我和他们的缘分就像露水夫妻黄铜婚戒上镀的那层薄薄的夕阳金。

我好笨，直来直去，不懂得发射委婉光线。竟有这么样一团尽量去圆却暗而窄的空气，逼挤得没有地方好建一条蜿蜒出去的跑道。

该怎么办。谁来告诉我，我该怎么办。

电发铲摔在地上，滴溜溜地转，在一小团光晕开的黑里，发出令人眩晕的嗡鸣。

一

"天文台提醒市民，协调世界时将于本港时间二〇〇一年一月一日上午七时五十九分五十九秒和八时零分零秒之间加上一闰秒。由于本港标准时间为协调世界时加八小时，本港亦会同时拨慢一秒。天文台建议资讯科技、金融业界等持份者，检视其所管理的系统能否正确处理闰秒，以确保系统在加入闰秒期间及往后能够正常运作……"

电表的秒位滞在 7：59：59，我用多出的一秒做深吸气。身向下滑，颈背抵住浴缸壁，我把半个头潜到水下。

新年第一天是不上发条的。

睇清楚刚拭干的蒸汽镜面，点上紫色香薰，我好中意。看看包装，是好久之前的存货。

不想吃早点，不愿做饭，不用做饭，就像报税和拿干洗一样平常。泡完浴缸，去烫两支秋葵。冰柜里只剩秋葵和马蹄。马蹄可以生吃吗？我要试试。

身处的空间好像变得空阔。空气里甜度饱和，警惕心在浴缸里游泳。

由我一个，独占梳洗间，淋浴或做梦，像一小勺静美的花朵。要做那种没什么意义的小花朵，只在无人区开着。

没人在同享。

敷衍世界比敷衍一件事容易多了，敷衍过活比敷衍一个人容易多了。增长了即时反应，丧失了全知全能，在四起蒸腾的水雾与香薰里。我睇住窗外，下看密密麻麻的人潮。他们裂作多块又聚拢一处，机警地躲避往来的车辆。

略一抬眼，我看见海。我住56层。

聚起一捧水，我搓搓手，看见左手无名指根一圈痕。交出戒圈，让我赎回我的一世。

没有人破坏的宁静的清晨，我看见闰秒在镜面里凝滞，向前后延展，闰分、闰时、闰月、闰年。

我如是祈祷……

忽听见黄铜质感的浑厚的响，八次。

二

我开一点窗，双面镜的水雾散去。我想起一个人的那次旅行。十几年前的我还有出游的勇悍。

也不走很远，我坐地铁，从九龙站穿过新界。车厢里的乘客都是中国人。一半是说普通话的中国人，一半是讲广府话的中国人。整列车上，青年人显然比老人多。有些人和我一样，从同一的城来，却懂普通话。他们总讲，我们的城，少了许多屋寮；又总问，哪里哪里是否又添新区。发问的人，离开城已经四年。四年会使一个城改变好多，离乡务工太久的人们，已经与他们生活的城市鲜有共同构筑的回忆。

列车停稳，我走出车厢，面前是一条河，远处有港口。背转过身，我看到高悬着的赤字，认出是深圳什么湖站。什么湖呢，好像上面一个四，下面一个夕还是月。我没见过那字，但也不及发问，因为有人要我拿护照。

我没有护照。我们没有护照。大人说，如果这里的人要到别的地方旅行，没护照是麻烦透顶的事。在这里，没有护照而想到别的地方去旅行，要有身份证明书。证明书证明我是这个城市的人，证明书证明我的城籍。

——你的国籍，叫我拿护照的人问。

我于是说，啊，啊，国籍嘛，一边慌慌张张地翻口袋，掏出证明书递上。

证明书很快被还回。我通过关。我把身份证明一行一行，看了又看。

小时候听大人讲，黄皮肤黑头发黑瞳孔的都是黄帝的子孙，是龙的传人。龙是什么样子的呢，没有人见过。但或许生长在更早更早的时代，我可以见着黄帝。他发明指南车，人也善战，做他的子孙，受他的庇佑，我很高兴。要是有人问我，你喜欢做谁的子孙呢？是亚力山大，彼得一世，还是恺撒大帝呢。我说我当然做黄帝的子孙。问的人就说了，在这里，做黄帝的子孙有什么好呢？你会没有护照的呀。

上中学时，我读历史书。书上说全部的中国人在侵略者的压迫下怎样地奋起反抗艰苦卓绝，我们的民族又是被怎样深刻而沉痛的过往凝聚在一起。我算算时间，去问妈妈，那是怎样一回事，妈妈在做生煎，把我赶开；我只好去问妈妈的妈妈，可她摇摇头。

是忘掉了吗？

突然好饿,于是我跟过路人说,我想吃鲜忌廉冻饼。而他们无一不是摇头走掉,直到有一个人告诉我,在内地,人们说鲜奶油蛋糕。

后来我知道,鲜忌廉与冰奶油之间,相隔的是一个半世纪的天堑。

但他还讲,眼前的这片水域叫深圳河。叫河,但其实是海。季风从一年度分出一股,卷起深圳河的海水,南下、南下,流过尖沙咀,到铜锣湾停憩。我曾看见那样的海,从元朗到尖沙咀。海水终年是暖的。平视着把目光投远,熹微的灯光在薄暮里把彩云啮掉一个边,是香港新界。好像坐了很久的地铁,但两个地方其实那样近。

天好蓝啊,这个城市头上的天。

路边上有座寺庙,从院墙里飘出些细细的烟。不若去求一支签吧。

隐隐听说求签前是要上香的,我没有香。我抓起香案里的一把香,再插回去。又去把签桶双手执抱,哗啦哗啦,不久便有签落在地上。

求了些什么来着?

我要阿妈阿婆身体健康,死党阿发和大只亮身体健康,地铁大叔身体健康,鲜忌廉蛋糕先生身体健康,这里健康,那里健康……随便一个人,我们都健康。

——天佑我们。

太阳转过一个弧度,阳光爬上窗棂,从双面镜里刺我的眼睛。

三

曾因为一支弗罗伦斯,我们大动干戈。他讨厌甜味,薰衣草尤甚。

我把桌上堆叠的书扫到地上,他砸碎两只碗。他嘲我对大事并没有主见,又骂我作长舌妇死八婆。我要回击,我要骂他是无理取闹的好管闲事的疯男人,可一开口,你个泼妇——

他一怔,随即大笑——我终是不如他严缜的男人逻辑,落入他的陷阱。他志得意满,收兵回屋去了。我又变成一个人。

我想要把无理取闹好管闲事的疯男人与人们常讲的词匹配,但只是发愣。

为什么呢?我不曾专门占有什么情绪,但许多谩骂羞辱,许多怪事好像只针对我。

我想起公司被炒鱿鱼的女员工,性情温顺得像被人踩在脚下的人行横道。从老板办公室出来,她微垂着头,一只手虚放在小腹。

入职前她签 contract。那是此间的人为保障自身利益签订的法律文书,她已在劳动法的庇佑下。不必流血的自卫手段,这样高尚而文明。

须知我们的城也曾签下如是的条约,在沦为殖民地之前。

女身,拥有生育的器官和功能,那么她理应去孕育生命,理应全权包揽育儿工作。不生养小孩儿的话,社会安定、经济发展甚至人类种群怎么办哪。冥冥间有一股力,一直企图左右那个独属于她的重大权力——是否要给这个世界带来一个生命。它期待真正的母亲，为人类之子的出生把关。可是，有几个她，是仅仅因为想要孕育一个生命，才慎重地选择做一名母亲的？母职，本身高洁，或是被鼓吹得这样神圣伟大，是幸福还是罪罚。

她，作为女身诞下的第一要务，是去找寻爱供养爱，再将如是的爱，尽数倾灌于身边人，直至生命之终。离婚的她是失败的，正值婚育年龄却排斥结婚的她是怪异的，被爱滋养却连一点儿爱都不愿回馈社会，她自私。我们习惯于她为儿女的奉献，而太多她甚至因为不能全职凑仔而深感愧怍。她的生理属性，她的愁善，她的敏感，她被过度放大的爱，奠基了她的社会关系和地位。她，须得先是母亲，是妻子，是同情、温柔与感情敏锐。最后才是她自己。

殖民我们的，是一股入侵、征服、破坏、强暴、控制的力。而那个被入侵、征服、破坏、强暴、控制的他者，可以是香港岛，可以是北美大陆，可以是任何一片处女地，可以是——

可以是女子。殖民地是女子。

同样地，我终是不知那股力的最中坚最势众者，真的是最大赢家吗？还是一如她们，流落为同样入侵、征服、破坏、强暴、控制的力的伥鬼……

四

泡浴缸像饮红酒。微醺的暖融掉野心和理想，催生些荒诞的疑问和泡沫般无厘头的期许。浑身的毛孔都泛出些诗意，蛮难得的情怀。

我在小时候读诗，它们常刊载在一个杂志档。我不看报，彼时似乎觉得没有一篇报纸上的社论能与一首诗相比。

那时的天气是镶着金边的卡牌，是带着气泡水味道的悠长朦胧诗。每次街角买雪碧时，老板会赠我一张夏天。

旧台灯的光破出一片白而窄的亮，它们很直地向前，而后散入虚空，尾巴像蝴蝶翅上的磷粉，里面笼几只蚊。那时候我因蚊不会被那样亮的光弄瞎眼睛而佩服。阿妈挥着臂膊，把那样窄的光断作一段，一段，再一段。

那样白亮而勇悍。

蚊是夏天的常客。有蚊来扰时阿妈便拿来床头的旧杂志为我扇风，她唱：

打开蚊帐，打开蚊帐，有只蚊，有只蚊。

快的攞把扇黎，快的攞把扇黎，拨走佢，拨走佢。（曲调同《两只老虎》）

我把这首粤语儿歌教给新邻居大力，她从内地来，不很懂这里的夏天。每每上街时，我抢做她的翻译，替她买雪糕和"漂亮糖"。她夹带手势的普通话，我会努力弄懂。屋寮的石粉墙下，我们论辩，彼时的我享受思考与论辩的过程；或是畅想今后我们怎样活；累了就分一只橙，然后读诗，大声唱那首打蚊歌。她的影是带着些渐变的，在粲然的艳阳下，在层叠的油棕榈叶间。我看不见自己，但得以透过她单薄的胸腔，看见她搏动的心脏。

她那样活。

她终回了内地。有风停在她的肩上，在白石粉灰飘漫的背景之前。她的发间系一朵蝴蝶结。石阶长而冷峭地瞪着她。她往噬人的暗里直直拾级而上，但见她，一步一回顾。

是在同一年吧，那个杂志档停刊。我买它的最后一期，记得这样一句话：

"我们长大，任凭时代的风吹，变迁的人世像骰子摇晃，咕噜咕噜，得出结果。

一是一点血，六是两行泪。"（韩冬《经典诗选》）

五

我把头仰靠在浴缸边，抬头看天花板。上面悬一盏和暖的日光灯，委婉的光线丰盈了整个浴室，旁边立柜间的暗缝也笼上一层薄薄的晕。时代的变迁让它不再尖锐得刺目，不再窄小而直白。

这是我们近来的新房，在尖沙咀。室内装潢一如浴室，笼着一层心不在焉的晕。在这里我们无须跋涉，只消一低头便能看见海。

浴室外传来些响动，随后是拖鞋由远及近的声响，在浴室门口稍驻，便又渐远。我惊觉池水已经微冷。

我熄掉弗罗伦斯。我们的太阳历精准到残忍，同漱洗桌上的机械表一样。

8：42：59。我在浴缸里，待了约莫一个钟头。镜很花了，蒸汽已然凝成水珠滑下，留一道蜿蜒的痕。我也只会在这样的境地回溯琐屑过往。

我讨厌电脑，笨重、乏味的黑色匣子，我将公司最后一台打字机送上垃圾车，注目其北去；我中意的杂志档停刊，是因为它吗？实际上，我讨厌公共关系馆；讨厌代替矮脚楼林立的写字楼，在那里做母亲是件低人一等的羞愧事。

但我们吃。出生伊始，学习咀嚼食物的同时，我们被教导吞食感情、生物、事件和抗争。它们经由我自以为是的消化后变成气泡水。那些气都是碳酸气来的，咕噜噜很快化开在这世界里。人类本就是杂食动物。

传统训则告诉我们隐藏自己的锋芒和智慧，于是我擅长遗忘，或是装作遗忘。记忆与想念，不会长过我的生命。零个空间让我们为岁月留白。

应如何行事，我很知道。公司从港岛过来新话事人。甫一上任，先讽世界格局，又谈他亲去内地的见闻，说其环境极糟；最末以嘲其修不起一条地铁线路而终。公司里零星入职的年轻女仔，她们统一如人行横道，在交通灯绿时招来，转红时被体面地请离。

我的工作很简单，每日敲敲电脑，间或提拉苹果肌，点头附和，再或是看着往来的她们，控制一个眼神里遗憾与宽慰的配比。

对于一切的他们，我抱着心不在焉的亲切。

诚实会变天。

我撕开一张面膜，敷在脸上，有点冰。听说过丰富的面部表情会催生皱纹。想来若不是在泡浴缸时分偷闲，我已忘掉打字机，忘掉杂志，忘掉音乐喷泉，忘掉人行横道们。

近些年流行暖日灯，微曛泛黄的光柔柔地充盈整间浴室，轮廓宛转，笼在薄烟与蒸汽里，像只萎缩的黄铜圈。我抬头，想看看自己的影。不做表情时，脸上肌肉有些不知所措。

镜面笼上重重的蒸汽，我扯过手巾揩干。暖日灯的光在半干的镜面里痉挛，我和镜中的自己对上目光，那样具象得锋利的影，那样熟悉得陌生的影。我忽而发觉自己从未见过自己，直观地，看见自己的真容。

——谁又能直接用自己的双眼，看见自己的脸呢？

六

我从公寓走出，在电梯井里偶遇我的丈夫。做早餐时用完最后两个鸡蛋，我要去买。今天仍值新年轮休，他这时出去做什么呢？

他见我来，朝我点点头，我对他一笑。对于他，我惯以这样的笑面对。

电梯下到一楼，他走出去，我跟在他后面，有三四步的距离。我们刚好顺路。

泡浴缸沾湿的头发还没有干，1月1日的风一吹有些微冷。顺着路的反方向看去，可以看到尽头城楼下的甜品餐厅。

下个轮休，或是下下个轮休？只要耐心等待，总可以过轻松一天吧。

什么是过轻松一天呢？

"嘿！王生、王太！新年快乐，大吉利是！你哋去边度？饮过茶……"

是邻居吗，好像有几次面缘，或是帮我处理过门口的垃圾？我早不再有记忆每一个邻居的能力。这并不妨碍即时反应驱使我三两步走到丈夫身边，伸出左手；他的右臂在同一时刻屈起。面对这种场合，我们有足够的默契。我的手挽上他的臂。祝福和寒暄话由我丈夫来讲，我对那面熟的人报以微笑。

对于一切的他们，我惯以这样的笑面对，像公爵对他的老管家道晚安那样。

胳膊有些麻，我动动左手，戒圈擦过花纹繁复的袖扣，发出些金属摩擦的清脆叮当。耸立的摩天大楼层层叠叠将我包绕，我从楼与楼的间隙里窥见今日的青空。

是个难得的艳阳天。

指导教师：黄偲奇

夜，雾，阳光，未来

◎2022 届初中 4 班　蔡安序

"这是一个好机会。"我想着，"这样的话，补给天亮就能到了。"

1941 年列宁格勒的秋风在冷清中多了一丝肃杀的气氛。这是这座城市被纳粹德军封锁的第三个月。城市的存粮已经寥寥无几，但敌人的封锁仍是那么严密。这座城，城中人民的生存或死亡，被明天的补给能否准时到达所决定。

我走在城中泥泞的街道上。十月末的秋雨是那么苦涩，那么冰冷。其中偶尔夹杂的雪花，像刀锋一样仿佛要将人的尊严划破。但正是这凄冷的淫雨将人间的大爱淋了个洁净透明：在雨中冷得瑟瑟发抖的父亲，将身上唯一的一件大衣脱下披在了女儿身上，还强撑着笑容为她系好衣扣；一位瘦得形销骨立的母亲，笑着将刚领到的半个黑面包全给了自己年幼的儿子；街边的一对情侣，稚气未脱的男孩儿亲吻了女孩儿的额头，握着她的手，顶着满脸的冰冷对女孩儿微笑着，安慰她说道："我们一定能撑过去的。"

雨中有人歇息，也有人在行色匆匆：一位拉车人正拉着一车的柴火向前奔走着，不知将会为哪户寒冷的人家送去温暖；几位官员拎着文件包在街上赶着路，也许是要赶去书写这座城、这里人民的未来。一阵狂风袭来，人们被吹了个措手不及，但也纷纷拉紧了衣领上的扣子，继续稳步前进着。仿佛就像历史的车轮，会被粗暴的力量阻挡着，但终将会扳回一局，继续地大步向前。

我走到了补给配发处，领到作为一天口粮的半块面包。撕下一小块放入嘴中，慢慢地品着。秋雨淋在了面包上，让面包渐渐染上了一丝深秋的苦涩，但其中也不乏一丝人间的甜腻。

走到了城门口，前方是一片朦胧的迷雾。我停顿了一下，还是坚决地迈出了脚步。雾中隐隐能看见路边白杨高大的身影，仿佛就像这座城的卫士，为我们抵抗着法西斯的铁蹄；前方迷茫不定的道路，也貌似与我们的未来一样。

我走着，思索着，漫无目的却坚定地前进着。

一缕金光洒在了我的身上。哦，太阳出来了吗？我往左边一望：只见一轮巨大的金色圆盘缓缓地突破黑暗的封锁，高傲地从地平线下缓缓升起，尽情地挥洒着它的热量。

前方道路上的迷雾与昏暗被阳光驱散了，只见路的尽头出现了一骑红尘。

"那一定是补给车队来了。"我想道。

指导教师：高 思

繁漪的房间

◎2024届高中10班　陈录妍

　　称病蜗居的屋子是她漂萍所系的根基，她在那里，消遣着自己十有八载的压抑岁月。诚然，一场《雷雨》从头到尾，周公馆的布景都只有一楼的一隅。但当我走入繁漪的内心世界，我发现如果没有二楼，她就失去了暂避周朴园锋芒的最后一道屏障，也失去了在宁静中审视自我的权利。

　　在我想努力成为她的那段时间里，我曾细心地在剧本里寻找一切蛛丝马迹。"楼上太热""躺在床上""画扇面""门锁了"，几个简单的词汇，却轻而易举地让我构思出了一幅稍显拥挤而又点缀着古老的书画几案的屋子。我想，这是她的住所，也大概就是我那时心灵的暂居之处吧。

——自序

　　繁漪的屋子在二楼。屋里不大，在家具的拥趸下显得有些逼仄。

半人高的窗户可以从里面打开,但开的角度有限,只能瞥见花园的一隅。偶尔吹来一阵风,阳光便透过厚而密的窗纱窜进来几缕,略微提亮了暗沉沉的室内。

紧靠着窗下是一个整洁的小柜,柜下可以烧暖气,装着镂花的铁栅栏。此时火已经熄了,显得灰黑色的炉膛空洞洞的。柜上摆着一把茶壶、一个盖碗,都盛在一个竹编的茶盘里。柜上还有一个有些年头的碗,内里是一圈圈暗褐色的药渍,被摆得离床头远远的。

靠窗摆一张挺宽敞的双人床,却只在一侧摆了枕头,另一侧叠着不预备盖的被褥,用来占地方。床畔摆了一把轻便的椅子,似乎是为了探望的人准备的。半个月没擦拭过,上面落了点儿灰。

床脚贴墙立着一个大衣柜,双开的木门,合页吱呀作响。衣柜里挂着几件常穿的深色旗袍,夹层里叠着其余的几件。紧挨着柜脚的一只旧箱子里倒有不少鲜亮的衣裙,有荷叶边镶嵌或是镂花的款式,也有如浅粉黛蓝的花色,只可惜一周前又一次上了锁,钥匙也不知落到什么地方去了。

离床稍远的地方,靠墙站着一个木制雕花的橱柜。柜身是古旧的传统样式,但柜门却是镶玻璃的。拉开玻璃门,内里共有三层。头两层塞着满满的书画卷轴,下层空着,层底灰积了厚厚一层,却有几处干净的形状,像是不久前刚把东西移走。

柜子旁边立着妆台,镜子微暗,妆台上摆着女人常用的发梳、玉镯、耳珰,妆奁里盛着大半盒胭脂和只剩了底的白铅粉。两把团扇躺在柜下抽屉里。

妆台对面是一面空墙，墙上留着一根挂画的钉子。钉子下的墙面是一片长方形的雪白，与别处泛黄的墙体有些格格不入。现在，那根钉上随手挂上了一把裱画用的剪子。

房门对面的墙角竖摆一张长长的书案。案后的墙上打了一副凹进墙面的书架。架上满满当当陈列着大部头线装书：有几部如《大学》《中庸》《世说新语》等读得卷了边的古籍，又被书主人重新细细地装订过；有些像《石头记》《镜花缘》类的残本，均被一页页详细翻过，把缺失的文章用簪花小楷一一誊补了夹在书里。桌上笔墨纸砚俱全，镇纸压着的一方扇面刚画了几笔，兰的叶子还未勾全，却已依稀可睹其嫩绿鲜活。案角上远远丢着一幅揉皱的、画好的兰花扇面，只是用色暗沉了许多，不像少年人会欢喜的就是了。

门口花架上，绿萝的叶子懒洋洋地垂到地面，与天鹅绒的地毯若即若离地相吻着。

——这是屋主人住了十八年的屋子，也是那时阴沉沉的老房子里，烟雾唯一还未完全笼罩的地方。

屋里没有人。雨衣还在门后的钩子上挂着。

…………

——天色有些暗沉了。

…………

下起雨来了。

…………

外面雨声嘈嘈，如瀑如幕。屋子的主人回来了。

一双手摘下挂着的剪刀，借着一道闪电，贴着雨幕重重捅碎了纱窗。

又一道闪电,嵌在门后的衣帽钩子上空空如也,雨衣一角滑过,门从身后关上。钥匙在门外的锁孔里清脆地转了一圈,悄无声息地退出,正如那在狂风骤雨里渐行渐远的身影。

再回来的时候,一切已尘埃落定。

指导教师:黄偲奇

解　　冻

◎2024 届高中　南　丘

闯入我狭小的房间吧；

吹动墙上的纸画；

翻开喋喋不休的书页；

把诗歌吹落到地板；

再把诗人赶出门外。

——罗伯特·弗洛斯特《给解冻之风》

　　从 2023 年开始，我每写一首诗就要反思一次，借机谈谈最近的思考。有时候有很多想法却无处表达，我便从弗洛斯特这首诗中取题，写写随笔。它在形式上可能离真正的文学评论略有距离，也请读者海涵。希望我的诗歌也能像解冻之风一样，叛逆、倔强又充满生机，敏锐、先锋又富有关怀，真诚、自然又不拘泥于形式。你我每次关于诗歌的碎碎念若是都能被记录并聚集起来，经过辩论和扬弃，也许便能推动当代诗歌前进一点点。

春节前后，我也写了两三首诗，都不是很满意。每当我写完一首诗之后，便会再次深刻认识到阅读对于写作的重要性，然后懊悔没再多读点儿东西再写。沉淀量直接决定了一个诗人甚至作家的上限在哪儿，同时也决定了他们下限的高度。目前，我的创作来到了一个很漫长的自我怀疑期，要不靠着一点儿兴趣很难支撑下来。在摸索中逐渐看到方向和未来，诗歌是不能越写越自卑的，应当像花朵要绽放一样去写，总归是会好的。我以为，诗歌写作倒是不着急写出什么精品，多读多练才是真理。在写作内容上，我想从春花秋月等物象中脱离，写点儿更广阔的题材，长诗短诗都涉猎一些，也许是一个新的突破口。总之，我现下理解的诗歌是一门融汇音乐、美学、哲学、文学于一身的生活文化艺术。

同很多人一样，我是从朦胧诗开始接触中国新诗的。我认为这是一个契机，但同时也可能使初探诗歌的人对新诗产生一些误解。我在翻阅上海辞书出版社的《新诗鉴赏辞典》时会有这样的感触：用一个由后向前的历史视角去看，不同时期的诗人担着不同的文化责任，第一代到第三代都对应着不同时期的探索。譬如说，从胡适的《尝试集》到徐志摩写出《再别康桥》就是一种突破。《再别康桥》之所以成为经典，不仅是因为其语言的华美，更是因为其开拓性的时代意义。当代诗人可以很轻易地写出徐志摩形式的句子，但却难成经典，其中的原因想必已经讲清晰了。所以，不必揪着过去诗人的句子不放，着眼于当代才是正路，要走入诗歌的"现场"。

对于诗歌写作来说，模仿是一种很常见的开始方式。但正如上文所说，一个当代诗人应充分认识到诗歌的时代性和局限性，只有这样才能避免自己的作品最终落于俗套，成为时代遗尘。诗歌，从某种意义上来说就是时代的影子。个人的意志实际上体现在一种对内容的整合能力上，而这种整合能力的基础是文化素养。譬如说一位诗人在诗歌中用"俄耳浦斯"这个意象，作为初学者或许也可以去写"俄耳浦斯"，但是初学者无法做到灵活自然地运用其他希腊神话中的意象来表达，而理解希腊神话便是文学素养的体现之一。再譬如说，海子的诗歌中常常写太阳，这是个很好学的意象，但海子的整合能力是天才而不可想象的。在他的诗中，同一首诗两句之间的"太阳"也许就可以隐喻出不同的事物，这是一般诗人难以模仿的。或许我当下的观点过于激进和尖锐了些，但道理应当是八九不离十的。当今的校园和网络诗歌是很有娱乐性的，许多看起来很清朗的诗歌，实际上不能深究其文学性，因为无论是从"诗歌即形式"的角度，还是从其写作的内容上，大多都很"迂腐"：过分强调自我的感受和韵律，意象选取过于单调，修辞缺少诗歌性，等等。不过这或许也是一个诗人从稚嫩走向成熟的必经之路吧。这也是我在2023年开始摒弃先前仿朦胧诗写法的主要原因。

说完中国新诗，该简要说说欧美诗歌了。这必然绕不开2016年获得诺贝尔文学奖的鲍勃·迪伦。之前有朋友问我："你认为鲍勃·迪伦为何能得诺贝尔文学奖？"

我是这样做出我的解释的：分行、押韵、排版、音乐等都是诗歌这种艺术的展现形式，从不同的感官入手而已。只要作家以一种"美"的文学状态将一个文字的整合体呈现出来，它便是一首好诗。所以，宽泛地说，鲍勃·迪伦的作品也能算作是一种诗歌形式，如此来理解歌手得文学奖也不稀奇了。

另外，我想谈谈我发现的一个校园青年诗人讨论诗歌时不好的现象。讨论者往往把视野局限在了诗歌本身，力求"非诗歌不谈""非诗歌不问"。我想，这是略显荒谬的。我有一个观点来解释这件事：诗人应当躲在诗歌的背后，但绝不应该只躲在诗歌的背后。我接触诗歌伊始，曾想将诗歌不同程度地从我的生活中分离出去，成为一个单独的文学存在，这显然是可笑的。虽说如此，我想其中的道理却不一定完全错误。诗人是需要保持一定神秘感的，他们应该成为诗歌作品背后的一束光，始终做着幕后工作。当诗人站上舞台的时候，诗歌的主体地位也许便消逝了。但是，同样的，离开了文学的土壤，诗歌是很难存活的。许多青年人觉得自己天赋异禀，甚至在还不知道自己想写些什么便开始下笔，纯凭着对生活的直观感受和拼凑情感在创作。也许，有灵气的诗人会在这个阶段偶得几句好诗，但我认为这是绝对无法长久的。

其实，我理解的诗人不是一个职业或是什么值得炫耀的事情，而是（也只是）一群某种程度上拥有特殊的生活和精神状态的人罢了，或者说，诗人是一种对于诗歌语言有高度依赖的群体。想要写好诗歌，最先应该改变的就是心态，减少过傲或过卑，少瞎装文艺，用真诚和沉浸、享受其中的态度去读写便好。就像北岛在《给孩子的诗》序言中所写：

我相信，当青春遇上诗歌，
往往会在某个转瞬之间，撞击火花，
点石成金，热血沸腾，内心照亮，
在迷惘或沉睡中醒来。

　　一个人在青少年时期，很容易被诗歌的穿透力所打动，这是年岁的特点，年轻的诗中有一种自然而澎湃的能量，但也透露出一抹青涩生疏，这没有什么可耻的。我常常在无事之时反省我对于诗歌的态度。我对于诗歌究竟是怎样一种感情？是否在诗歌上有超越大多数同龄人的决绝和魄力？我是否愿意将其作为一生之伴？这些问题是值得反复审慎地思考的。但同时，我当下所理解的诗歌是不需要我给出这些问题的答案的。就像诗歌"说走即走"的内核一样，我只需跟着她便好了，将我能剖出的内能都投入生活中去，一切自然会有结论。

　　最后，我想用史铁生在《病隙碎笔》中的一句话作为结尾：

且视他人之凝目如盏盏鬼火，
大胆地去走自己的夜路。

指导教师：高　思

关于猫头鹰

◎2022 届高中 9 班　陈叙苏

许寿裳尝提起章太炎门下时一桩故事。课室内有钱玄同,好在席上四处地爬,周树人于是诒他一个雅号曰"爬来爬去",钱便回敬以"猫头鹰"。钱玄同未几在鲁迅眼中就不是能彻夜长谈的金心异,偶一相遇,只称"遇钱玄同,恶其噜苏"。然而依旧不得不叹赏,那是颇传神的绰号,即使是在更久的以后——尤其在以后。

猫头鹰,古语中叫作鸱的,生来是美的某种意义的仇敌。贾谊吊屈原——同时大约也悲哀着自己——曰:"鸾凤伏窜兮,鸱枭翱翔。"这话还是入了鲁迅《汉文学史纲要》的,然而那复仇的黑色人(学者以为他与鲁迅正是一体)甫一出场,首要的便是他"声音好像鸱鸮"。固然可以说是那草船借箭的惯用了的把戏,如说他是花边文学他便作《花边文学》的一般。然而宴之敖者是特别的,无论直用了自己的笔名,还是那不削改不戏笔的铸剑。他的类于鸱鸮,正与他的黑色一样近于鲁迅的自况,当然不真指声腔与外貌。就浅而论,这是一种文艺观,鲁迅论一首《爱情》时就直截了当说过:"是黄莺便黄莺般叫;是鸱鸮便鸱鸮般叫。"

黄莺与鸱鸮!有些词是偏义的,不宜异同不宜的是异,沟水东西也不过是东流;如果这话也含着褒贬——只好是妄加揣测——那鲁迅要正名的大约只是后者。有名的一桩公案,是徐志摩受了《恶之花》的感动,把其一首《死尸》——现通行是叫腐尸的——译在《语丝》第三期上了,兴而捉笔,洋洋洒洒赋了一篇前言,盛称"他像是寄居在希腊古淫后克利内姆推司德拉圻裂的墓窟里,坟边长着一株尖刺的青蒲,从这叶罅里他望见梅圣里古狮子门上的落照""我深信宇宙的底质,人生的底质,一切有形的事物与无形的思想的底质——只是音乐"。他引发的响动里好玩的数上两条。其一刘半农,秉着科研精神假设这位诗人耳朵上有具自然的无线电受音器,声称要他"预先在遗嘱上附添一笔,将两耳送给我解剖研究"。其二鲁迅依着谑了一段更绝妙的文字:"Br-rrr tatata tahi tal 无终始的金刚石天堂的娇裊鬼荣荑,蘸着半分之一的北斗的蓝血,将翠绿的忏悔写在腐烂的鹦哥伯伯的狗肺上!……"嘲罢,结了一句:"只要一叫而人们大抵震悚的怪鸱的真的恶声在那里?!"

自然不是要猫头鹰革命中国的文艺,甚至恶之花本身在此于鲁迅也未尝不止于一个象征(他是读波德莱尔的),因其太艺术、太奇异,尤其太受徐志摩——诗人——的喜欢。个人恩怨固不可谓不与有力焉,此事又十年以后鲁迅向人提起,尚得意于"有一篇仿徐志摩诗而骂之的文章,也是我作,此后志摩便怒而不再投稿"。但就也正如把徐先生送进疯人院里去、由一切的底质是音乐而等量代换、可等价于把音乐送进音乐里去同样,刺徐志摩一下,是相当着要给"为艺术的艺术"几句好骂,同批评泰戈尔"美而有毒"一般的。我等读者生也后乎启蒙时期,未见得不曾把鲁迅也作闲书来读(至少我是如此);但鲁迅本人是完全主张"写作必须是为人生,而且要改良这人生"的。因此,就像为艺术的艺术将为人生的艺术目为功利——客观而言,是文学的功利化中很不狭隘的一种——同样,鲁迅将他们看作"不过是消闲的新式的别号"。那与怪鸱对举、轻飘飘地跳的小雀儿,代的大约也是这一样的人。

为艺术而艺术,打眼并没有什么错在。而他们也确凿曾是革命的文学,但那是在孔教立国的时下,进攻"文以载道"的铁监所用的。待及成为御用的文人,艺术就反变作压制异党的名头,批评社会者便说有失了艺术。鲁迅评张献忠曰他像"为艺术而艺术",是在"为杀人而杀人",也不该只作"摇曳生姿"的闲笔来带过:"人权抛却说王权,杀人如草不闻声!"《故事新编》是个人精神点染,有的是嬉笑怒骂的性情在。《采薇》里诗人小丙君,以为"登彼西山"既怨且骂、失了为艺术而艺术的永久性的,实在就是所谓温柔敦厚者的射影。他们是学者、是通人,鲁迅誉之为聪明人、文艺家,正人君子者也。而鲁迅自己原就倾向反叛,或云,是一种"自我放逐"的意识。他作杂文要强调文学概论中总无 Tsa-wen 的条目,做起小说来也先说明自己所作"和艺术的距离之远"的。称此为谦虚绝然不对,彼时的艺术之宫,部分地几乎正是一座武库。压制新文学的发生，有他们的力量；压制不住者，予他一顶学者的帽子，说再不戴住是失了气量。——恰恰这里有一个鲁迅，是要反抗、不要帽子的。由此发生了一系列对立的概念：正人君子和泼皮，艺术之宫和沙漠，公理和无所有，太阳和夜和猫头鹰。虞舜是盛世，所以凤凰来仪——"凑热闹"，猫头鹰的恶声，则就是文学所要揭出病苦的意图。人说鲁迅一文章创一体例，这"揭出一点黑暗"的核，或许是吾道一以贯之的了。

其实也不仅仅鲁迅自爱他的鸱鸮。冈萨雷斯，人称猫头鹰诗人的，说的是："扭断那长着骗人羽毛的天鹅的脖子!"请看聪颖的猫头鹰是如何展翅，警觉的眸子注视着阴暗之处，默读着"寂静夜晚的神秘之书"。——据说这话的所本，正是"宛如一群陌生的神像，猫头鹰排成了队伍"，至于出处，是徐志摩钟爱的《恶之花》。

指导教师：黄偲奇

一直延续的结局

◎2025 届高中 14 班　单岂沐

实验的夜,并不比哪处更宁静,但也不比哪处更喧嚣,即使身旁坐满了人。

竹林前的戏已然唱到一半了。

席地坐在蒲团上,微风绕过人群吹来,拂在脸上,是中秋前夜似水的月光。未至深秋,还不用穿上羽绒服。与这么多着一样衣服的人坐在一起,夜隔开了应有的紧密,心中却是有比独自散步时更空远的清静。

我周围的都是熟人。初中三年的同学,都赶在这个晚上回来了。平心而论,换作是我,我不会回去。回来,来寻什么呢?昔日的师生吗?如今的朋友吗?我还并未相信所谓时间能抹平一切。但看到熟悉的脸,突然回想起十四岁生日那天在雷声中围坐在一起的我们,手里的笔和信,还有终于下下来的雨……

为什么要回来呢?

坐在这里之前,我们看望过老师们,都是熟识的,在寻日里我也常见到。推开办公室的门,我领着她曾经的学生走进来。她站起来,在惊讶中拥抱。我们在操场边合影,面对着一轮落日。秋风推着归家的人,银杏叶铺满了勤学楼门口的台阶,枝头却还留着几片金黄。照片里,相聚。圆月隐在东边淡蓝的天里——那里还未遭晚霞浸染——被明德楼遮去了。

戏又演了几出了?我看不懂戏。双眼只看见他们身后的竹林——灯打在上面——翠绿的;耳朵却听见几句似懂非懂的唱白,他们的舞步和着鼓点,清晰有力。

是要让记忆中终要模糊的面庞一次次刷新。在别人记忆里的我们,总是由时间和空间决定的点。点连成线。时间模糊了,空间混沌了。这条线由远及近,分分秒秒地消散了。所能延长它的,唯再见面无他。

就让我沉入你的过去里吧。毕业是开始就已注定的结局。不会有大团圆,中秋节也只是一天,一夜。墨迹已干,断断续续。将这三年写在你此生不变的弁言里,再合上扉页,或是翻到下一章。不要续写回忆。

《霸王别姬》,真不应景啊。这夜的北京谁又能想到有人中秋前夜在实验勤肃楼前看《霸王别姬》?

好戏惹人发睡,夜晚却令人清醒。在思绪遇挫处,抑或是梦稍浅的时候,看见一张脸,黑色、白色,交叉着涂满了。哦,这是项羽。再往上看,是太平洋酒店大楼上一闪一闪的灯。望不见西单,但想得到那边定是群群不归的人,璀璨的灯,反倒更加肯定地宣告了夜的存在。

"手机没电了。"朋友推了推我。

竹叶上光影绰约,耳和眼都喧杂起来了。

如果是我,我不会回去。但对于他们,我盼望着下一次见面。"走吧,没啥意思。"我站起来。

身后的戏还未完,是一出未听闻过的曲。今晚的梦已经结束。

指导教师:高　思

文言文球传

◎2023届高中13班 黄景暄

今日大风扬雪扑面，白霜铺地，及春后雪，以为奇观。今日之事亦以奇者多，不知其喜忧。

晨起无事，只觉雪虐风饕，天凝地闭。殆午间，复得"文言文球"于操场，盖被高一小友占为己有也。所谓"文言文球"者，本一篮球也，吾甚爱之，又患失之，故作文其上，故笑称之曰"文言文球"也。所谓"文言文"者，区区笑谈也。其文为："此球为（原）高一13班之所有。若捡到而归还者，吾再拜而谢之。若据为己有者，苍天有眼，法理难容。"其文如此，而其所历，又远胜吾文。

或以我文为诅咒，自此球莺迁，凡三失三得也。三失者无人还，亦未尝有人为法网所困哉，或以为怪；凡失之日久，人渐忘之，又尝能偶得之，此所谓苍天有眼也。盖文字之神之庇护也，凡闻之者，未有不以之为奇。

此球入校盖不过一年余，然余甚以为其日久也。初余常用之，及至日长，不以为珍，不知缘何，竟甚失之，此所谓初失也。日久不见，忽一日，小小见其于操场，一长人与初一众友戏于筐，此初得也。小小见之，申以大义，然长人玩耍正酣，不愿与之。小小见其鹤颈猿腰，不敢用强，乃避其锋芒，约其于后还之班中。然球久不至，小小嗔焉，至再遇长人，长人满口乱语，不知所云，此复失也。

久之，余朋党渐忘此事。然此球有神护者，不容吾不见。一日体育课，阿力唤余拿球于球车，及拿二球，一球带字者赫然映于眼前也。定睛视之，竟为"文言文球"也。余大喜过望，立取之于班，以为不复失之，此复得也。

大喜过望，大悲相属。未几日，球又失之于食堂。盖余拿汤时，有用心者窃之也。不知此君是不识汉字，抑或有意为梁上君子也。悲夫！于是球复三失。

冬去春来，时来运转。玉兰初绽，又作六出，青竹琼首，碧柏白头。于午，余又见"文言文球"于操场，为高一小友所用。此间，吾人多气盛，以为恶战难免，然小友多通情达理，未及多言便与之。既得吾球，欣然所归，折胶堕指皆忘矣，此三得也。

历三失三得，文已漫灭，球已斑驳，但吾仍甚爱之，不为得老球，犹似会旧友。小雪红泥，绿蚁旧醅，又当大雪，上下一白，天下何事愈乐之矣？

于是余有叹焉：人生一世，俯仰之间，新球好买，新友难觅，故球可寻，故友难逢。

我有故友，相视莫逆，然自离别已二年，相距不过几里，二年者，二闻其声矣，犹弗如球之三失三得也。

尔后，班后球数日增，至今已至七八，虽洋洋大观，然知我心者又几人？

指导教师：黄偲奇

如藤蔓般生长
——我的实验记忆

◎2020届高中5班　王　闰

直至提笔,我也没有一丝一毫的自信能够在短短两千字的文章中盛入我对实验的全部感情,那些紫藤花下闪着光的笑声,那些与雨声一同掉落的泪水,文字是无法记录完全的。但我仍想写下这篇文章,送给在实验度过最为幸福的三年时光的自己,也送给所有与我有共同回忆的实验人。

向下扎根的力量

记得一次讲评试卷时,一位老师曾说,若干年以后回忆起实验,你想到的一定不是这次考了多少分,而是一些你现在丝毫没有放在心上的小事。当时不相信,现在想来果然如此。就在写下这句话时,我完全想不起那次考试考得究竟怎么样,反而清晰地记起了自己当时从五楼窗户里望到的被阳光照得亮晶晶的老松树。

为了写这篇文章,我一张张地翻着留存着实验记忆的照片。军训时摆得整整齐齐的马扎上放着《活着》,研学时在沙漠的帐篷里看星空和日出,合唱节没拿奖后班里黑板上写着

"我们在一起就好",因为疫情无法见到彼此时的每个清晨都在腾讯会议里"Say hi",王韬女神手足无措地安慰我时塞进手心里的一小颗栗子,高思舅舅每天投喂的种类多到可以开小卖部的小零食……照片零落着,回忆杂乱无章,但却都那么鲜活可爱。

而这些照片,有一半都是在担任话剧《茶馆》的学生导演时留下的。崔妈当时还"蜗居"于信毅楼地下的小戏剧教室里,我们在半间教室大小的水泥地上,排完了角色达70余人的三幕话剧。这70余个角色中,三分之一由老师们扮演。最初崔妈向老师们介绍我时,我内心的慌张和惶恐不亚于无数次出现在噩梦里的没一轮复习完就上高考考场的心境。但后来一次次紧张得手脚冰凉地与老师们商量排练时间、探讨戏中的问题时,老师们却没有一点儿架子,永远都是认真地听我说话。在数次崩溃大哭时耐心安慰我的金铱老师,为排练场带来无数欢声笑语的崔哥,永远都笑盈盈的蒋瑞老师和王卫红老师,亲自编故事当台词的汪文龙老师……我是多么幸运与他们相识。在最后一场演出结束后,我收拾完所有七零八碎的道具,带着满心的怅然若失独自回到戏剧教室时,发现蔡晓东校长已经把自己的大褂和帽子整整齐齐地挂在衣架上了,顿时泪如雨下。

在高三时一次语文考试中,曾写过一篇关于"高荷"的作文,直到现在还记得读到"亭亭自抬举"一句时心中的颤动。于高荷而言,亭亭玉立昂扬向上的姿态离不开有力的根茎;而支撑着我不被风雨打倒的人生根脉,也正是这些实打实的实验记忆。这些鲜活可爱的事情，无数次点亮了我因成绩波动而笼上阴霾的心情，给予我持续向前的动力；这些发自心底的敬重，也一次次地提醒着我究竟该成为一个怎样的人，成为我永远的灯塔和方向。它们是我向下扎根的力量所在。

拥抱自己的光

刚入学时，曾有人对我说："进了实验就一只脚迈进了清北了。"我曾一度将实验定义为进入梦校的敲门砖，也将实验对我的期待简单归结为能在高考取得好成绩。

高考前曾想过，如果考不好，我怎么对得起实验的老师们？怎么对得起实验？当那一天真的来临时，相较于为自己感到的悲伤和不平，更多的确实是一种"无颜面对实验父老"的愧疚。

然而，实验却拥抱了失败的我。没有责备，没有惋惜，只有一句轻轻的"你去哪儿就是哪儿的骄傲"。

成人礼手册上，"蔡老师"给我写的祝福中，最后一句是"祝你永远幸福"；在高一的第一堂语文课上，"司机"（高思老师）的第一句嘱托也是"做一个幸福的人"。原本不解其中深意，当想都不敢想的失败降临在自己身上时，才领会到实验对我的期待并非是取得多好的成绩，而是希望我能成为一个幸福的人。我在实验学到最重要的知识就是，无论何时，我们都应该做一个幸福的人。

而"幸福"的等号右边，从来都不是高考的成功。尽管我没有机会去梦校学自己一直想学的专业，但却阴差阳错地遇到了自己愿意倾尽一生钻研的学科。似乎是命运的安排让我遇到了这束阴差阳错得来的阳光。然而,这个学科被评价为这个时代的"天坑专业"之一,我所在的大学又不是以这个专业为优势的学校,所以我也常常动摇,觉得自己似乎应该违背心愿地做出更符合现实的选择。这时,实验的老师们却不约而同地说,"你在哪里学什么都能学得很好","你做什么都可以成为填补那个领域空白的人"。

实验的老师们让我心中始终燃着理想主义的火。所谓"理想主义",并不只是喊着好听的口号,而是真正以全部的热情照亮并不遂意的现实,是为了摘得山顶的玫瑰甘愿穿越满山荆棘,是纵然饮冰多年却依旧难凉热血,是始终奔跑,只为拥抱属于自己的光。

从未停止生长

在毕业后,实验似乎成了避风港般的存在。每每没有信心和动力时,便会回来看一看熟悉的校园,见一见许久未见的老师。坐在崔妈排练厅的道具沙发上,三言两语间就能解开所有的纠结和困惑。我说,实验的生活是我人生中最幸福的三年;崔妈说,一直爱着实验的话,这份幸福就还会延续很多年。今日看来,我的幸福源泉之一,便是始终生长的实验记忆。

毕业近两年,在读到一些文章或是与朋友聊天时,我依旧会想起,那些看到的或提及的知识点出现在实验课堂上的样子。李军老师的历史课上,那些离我们很远又很近的文明故事;蓝利军老师、吕远老师、吴国英老师的政治课上,每个政治、经济、文化现象与政策背后的深层原理;还有王韬女神带我们领略的山川地貌、灿烂星河，高思舅舅领我们走近的巨流河畔、天姥山巅……实验教给我的知识始终帮助我从更多个角度看待这个世界。生活在这个世界上的人，发生在这个世界上的事，都不再只是它们本身，而是我们所共处的时代乃至宇宙的一部分，都与我们有着或远或近的情感联结。

而将目光从世界移至自己身上时，"保持优秀的惯性""成为你所在领域的领军人"，这些在实验学会的责任感让我无论身处何种外部环境，都始终用"可以更好"的姿态要求自己。它支撑着我无论何时都带着一份"学如不及，犹恐失之"的惶恐，都能保持着"知也无涯"的谦逊，更有"长风破浪会有时"的坚定，和"我辈岂是蓬蒿人"的志气。

高三毕业时我曾想过，要一五一十地记下来关于实验的回忆，觉得"忘掉可怎么办"，却因为大学出乎意料的繁杂学业至今都没能实现。而今日提笔，为这篇文章起名字时，第一个出现在脑海里的句子便是"回忆与我一同生长"。在一次次用实验教会我的知识看待世界时，在始终带着实验留在我身上的责任感面对当下的生活时，我一次次确认，我与实验从未远离，我始终在续写着关于实验的回忆。

我很庆幸，我所珍视的实验记忆如藤蔓般，与我始终相伴，与我一同生长。

指导教师：高　思

超尘文学奖

引　言

2017年9月，北师大实验中学百年华诞，我收到厚厚的一本文集——《超尘——一位让学生终生感恩的中学老师》。

现在，另一本厚厚的文集——《出尘之想——第一届超尘作文集》摆在我的桌上。

这两本文集，血脉相连，精神相继，它们背后的故事令我感动。

刘超尘老师师德高尚，学问精深，是立足实验，又很有社会影响力的语文名师。百年校庆时，为纪念刘超尘老师，校友陈宁、陈越、凌莉、韩彪、刘燕欣、彭伟祥、吴汾等人，为已故的恩师编纂、出版了纪念文集——《超尘》。

这样的学生，一定是念旧的、多情的、感恩的！让学生几十年后还念念不忘的老师，也一定是了不起的好老师！经历岁月沉淀的怀念，更加真实，更有分量，弥足珍贵。

《超尘》一书在百年校庆义卖，怎么处理义卖的收入？怎么处理更有意义呢？

"我们希望通过这本书，我们还将实现一个美好的愿望，即设立'超尘作文奖'。"（陈宁序言）

有人说，"教育意味着，一棵树摇动另一棵树，一朵云推动另一朵云，一个灵魂唤醒另一个灵魂。"薪尽火传，泽及后学，这既是对超尘老师最好的纪念，也见证了教育的美好和力量。

希望同学们拿起手中的笔，让写作引领你过不一样的人生！

希望同学们了解"超尘作文奖"背后的故事，续写实验中学的教育故事、动人篇章！

感谢校友！感谢语文组的老师们！感谢每一位参与的同学！让我们共同见证教育的美好和力量。

我需要……

◎高二（12）班　刘　齐

　　高中生是一个高中生，至于名字，现在已经不可考了。关于这位人物，我们只能模糊地知道一件事，即高中生曾经在某个高中的高二年级就读。至于他到底在哪里、穿什么颜色的校服，乃至于是男是女，我们不需要知道这些。他自己也不需要知道这些。重要的只有一件事，即他是一个高中生。至于他的生活究竟是真的、假的，还是半真半假，如果诸位连自己的生活都没有搞明白，还要追究这个，就实属咸吃萝卜淡操心了。

　　如前所述，高中生就读于某个高中的高二年级。他长相平平，缺少天赋，近视三百度，写在笔记本上的目标是考进这个清或者那个北，实则目光短浅，希望游戏段位能上钻石。生活比较无聊，每天学习，朝六晚五地坐地铁，在语文课上偷摸补作业。总体来讲，他这个人非常平庸和无聊，基本丧失了一切被写进小说的机会，更何况他还父母双全，一家子齐齐整整，就连太姥姥也尚且在世。他在一次初中作文课上，拿到命题作文：悲伤。他在自己亲戚中过了一遍，选中一个面目模糊的小姨，杜撰了一个亲人去世的故事。后来老师得知他的小姨尚且健在,还在去年刚生了一个女儿,就请来了高中生的母亲。

高中生每天六点半被尿憋醒。早些年,他还需要手机闹铃,后来渐渐学会在六点半自主睁眼,好像七八十岁的老人,因为衰弱而提早醒来。醒来之后,他先双眼无神地躺三分钟,如果他再次睡着,就需要母亲来叫;如果没有,则起床,上厕所,然后穿衣。如果时间紧,他就不洗脸,时间不紧则洗。校服版型宽大,穿在高中生身上,像一面迎风招展的校旗,有一个裤兜破了洞,他由此丢了笔、硬币、钥匙,它们八成顺着裤管一路下落,掉在他的脚背上,然后滚落在某个未知的路面。东西丢了就像进入了另一个维度。他低着头,仔仔细细地在路上找了很多遍,也没有找回过任何东西。

早晨的地铁一般很挤,充满人味儿和饭味儿,人如果想要上去或者下来,就需要双手并拢,然后奋力甩动大臂,朝两边扒拉,活像游泳。这种活动,大屁股或者大肚子的人比较占便宜,高中生游泳不行,常常濒临淹死。他肋骨像鸡笼子,被四面八方挤压,心脏在里面怦怦乱跳。不过,坐地铁对于高中生而言并不是一件特别坏的事,因为地铁非常好玩,他在一边站着,常常能作为吃瓜群众吃一些大瓜。有一次地铁开到宣武门,哗啦一下拥进好多人,两个胖子奋力往上挤,车门口的空间只够塞进一个胖子。地铁门哔哔乱响,就是关不上,这两位胖子急得脑门油光锃亮,活像被盘出了包浆,互相指着对方破口大骂起来,骂得非常到位,从对方的肥肉一直问候到了十八代女性祖宗。高中生一手拉着吊环,看得饶有兴致,学到了很多新词。车站工作人员穿着一件小黄衣服,把小红帽拿在手里，说："和和气气的不好吗，一车人等着上班上学呢，您两位差不多得了啊，坐哪个地铁不一样，赶紧上去一位，下一班马上就来了。"话里没有什么真心劝架的意思，语气疲惫，充满了看热闹情绪。

高中生在学校的生活非常简单。他的同学和他没有多大区别，穿着同样的校服，远远一看，活像一个模子刻出来的。下课的时候，水房里刀光剑影，充满了"Double Kill"和"Your enemy has been slained"。正值春天，水房角落里飘满了柳絮，逐队成球，宛如泡泡，学生坐在水房里，像青蛙坐在湖底。

下课的时间显得非常短暂无聊，和上课区别不大。高中生手扶着窗台，往楼下看去，高空令人眩晕，很多小朋友在操场上奔跑，做布朗运动，令人想起动物世界：迁徙的季节来到了非洲草原，草原上的羚羊正在奔跑。窗栏杆外的世界被分割成一格一格，有一些窗户外面挂着墩布。据说曾经有一个高三学生，天纵奇才，一天站上窗口，没有丝毫犹豫，直愣愣地跳了下去。传言说她是一个姑娘，清汤挂面头发，长得非常好看。后来窗户上就加上了栏杆。高中生有时看到楼下的墩布，像一颗人头飘摇在窗外，忍不住想象小姑娘从楼上跳下去，像一朵花一样穿过无数个被学生凝视的窗口，她的头发像上好锦缎，飘扬在春天的风里。所有人都讨论她，所有人都缅怀她，为她哭泣，让她变成一种艳丽奇诡的传说。微胖，脸上很多痘，掉下去好像一个沙袋，落在地上发出闷闷的声响，血迹被冲刷得像一堆呕吐物留下的痕迹。没人记得他，他的课桌后来变成了失物招领处，堆满了水杯、脏校服、课本和无名卷子。这样有什么劲呢？他有时候看到别人站在窗边，会突然产生推他一把的冲动。这完全不是和人家有仇或者怎样，有时候他就是想这么做，和谁站在那里完全没关系，就算站在那儿的是他自己，他可能也会推上一把。

上课的时候，他看看老师的PPT，抄下一些关键字词，然后漫无目的地做梦。剩下一些同学在睡觉，一些同学在好好听讲，不过这两种对于高中生而言，没有什么太大区别。他的梦简单而漫长，有时候在窗外持续：树上长叶子了，树上叶子黄绿黄绿，树上叶子绿了，树上叶子掉下来了。春天的叶子形状像小羊的耳朵，秋天的时候，则像被献祭的小羊的耳朵。有时候则在笔记本上延续，他手持一根涂卡用的方头铅笔，在横线上方的空白处画满了方块和三角，方块和三角里面填上鳞纹，好像被塞进玻璃缸的鱼。教学楼窗外的树亭亭盖盖，把白墙映成绿色，漂流瓶在海洋里漂流……无数鱼类、珊瑚、三角函数在他身边飘摇而过。他从窗玻璃窥探出去，错觉自己被封冻在绿玻璃里，如同虫子被封进琥珀。

有一天，高中生的心脏开始跳动。这种跳动从他起床的时候开始，渐渐加速，在他穿校服的时候，隐隐已经感到喘不过气。当他进入地铁，前胸贴着别人的后背，后背贴着别人的前胸，他的心跳和无数人的心跳混杂在一起，动次打次。他忍不住张开嘴呼吸，如同一条咸水鱼进入了淡水，感到惶恐，好像自己马上就要随风飘散。有一些模模糊糊的东西如同雾霾的天空，从上面压下来，按住他的脑袋，把他往地面按去。他昏昏沉沉走出了地铁,感到手脚发软、不停下坠,好像大活人掉进了兔子洞,眼前呈现一片片的金花。

很多学生提出要送他去医务室,他们在高中生的座位旁围成一圈,从兔子洞的上方向下探望。不用不用,高中生说,我好好的,不麻烦大家了。同学们恨铁不成钢地看着他。铁子啊,他们说,我还想逃操呢,你给点儿面子不行吗?

医务室的老师先给他量了体温。透过窗户的绿玻璃,高中生看到自己的影子,模模糊糊,绿色的,像一个穿着他们校服的外星人。体温很正常。他的心脏依然在怦怦乱跳,好像一只揣在怀里的兔子,兴奋而不安地向外探望。躺下,老师说。他躺在一次性床单上,撩起衣服,老师把听诊器的一头塞进他衣服里,那个冰凉的小圆片月亮一般来回逡巡,冻得他心一沉。老师徐徐移动了几下听诊器,在她移动听诊器的时候,高中生感到自己要沉下去,压塌病床,他的心脏则不停地向上撕扯,他咳嗽起来,唾沫星子喷了老师一脸。没有啊,老师疑惑地说,你没有发烧,心率也很正常。我知道你们压力挺大,活动活动挺好的,以后不要逃操。

高中生挠挠头。他走出医务室,一阵心慌,没注意看台阶,结果一脚踩空。旁边的灌木丛近在咫尺。他在春天的空气里环顾四周,一切明媚而有条不紊,很多小姑娘在路上快活地走着,洗发水气味四处飘荡。纵使真的有人从四楼跳下来,他想,也会很快飘散在风里。

医院像一个蹲踞的哥斯拉,浑身鳞甲烁烁,低声咆哮,里面人流涌动，病气肆虐。高中生一进医院，被吓了一跳，那么大一个医院，就好像晚上六点的地铁一样给人一种即将被憋死的感觉。在人群里，他这种干渴加剧了，眼前出现鲜红颜色，血管如同天网，收缩扩张，把他整个困在里面。他昏昏沉沉，错觉里听到一种邈远的笛子声音，像是一种焦灼的召唤。医院里的芸芸众生因为病痛而变得非常平等。病人因为着急，说话都变得非常大声，医生护士见惯了这种状况，从诊室里探个头："那么大静字儿，看不见啊。"轻飘飘的。

高中生想起他初中的一位同学。那时候正值春天，柳絮四处飘散，海棠花瓣委顿在地上，大家于下午的最后一节课在操场上奔跑，欢送亘古的太阳。这位同学的过敏毫无征兆，整张脸突然开始发红，然后就徐徐肿了起来，好像一个粉红的气球被吹了气，无论从质感还是形状上都极其相似。他的眼珠子在脸颊里陷下去，嘴唇则浮凸起来，如同深海的鱼类骤然浮上了水面，奋力喘气，鱼鳃上下翕动。他一开始吓坏了，后来慢慢觉得神奇，那个瞬间他的同学呈现一种完全不像人的面部特征，像千万年前未经进化的鱼类，比任何时候都清楚地显出人类作为动物的本质。那个瞬间，没有同学的脸上显露出同情的意思，他们远远地站着，好像透过水族馆的玻璃，看一种深海鮟鱇。

如前所述，高中生不是一个适合写进小说的人。他缺少任何作为主角的特质，其中就包括多愁善感和体弱多病。曾几何时，诗人们以身患肺结核为荣，面色苍白，唇若桃花。

在他去医院的渺茫回忆里面，他的视线只能够达到别人大腿的高度。太阳从窗户外面照进来,光线里充满了尘土,和此起彼伏的哭声。他坐在靠窗的座位上,手里拿着一本书。空气里充满消毒酒精的气味。那时候人群对他而言太过巨大了,像一头巨兽,在英灵的宴会上不停死去,然后第二天复活。百无聊赖中,他向窗外看去,窗外的树枝上停着一只红色的鸽子。

高中生坐在皮椅子上面,等待抽血。在医院里面,人的生命被数字化了,变成一个一个序号,但也因此变得平等。大家手握病历本,各自心悸、发烧、流汗,相互挤压和倾轧。大厅里面的人群呼吸灼热,好像一个巨大的怪兽,浑身毛茸茸,发出群居的臭味。一楼的大厅里,一队医生和护士推着病床冲进来,如同摩西分海,引起小范围的骚动。高中生无意识地攥紧自己的领子。他突然想起,为什么会有红色的鸽子呢?根本没有一种鸽子是红色的……或者其实有,只是人们未曾见过而已。

在这种气味包裹中,高中生的心跳加快起来。夜色降临在窗外,红灯和绿灯不停转换,车流如水流,灯红酒绿、喧嚣、明亮,奔流不息,春日的夜色并不清澈,而是像一块雾蒙蒙的毛玻璃,发出一点儿盛夏的气味。高中生的心脏突然狂跳起来。高中生耳朵里的血管鼓动,一口钟在他耳边敲响;他的胸口传来巨大拉力,好像死灰复燃,一个吸血鬼嗅到了血味儿,从坟墓里直挺挺地坐起来,继而扑拉一声,变成很多蝙蝠飞奔而去。那一刻他脱离了这个人流组成的巨大有机体,一条血管有了自主意识,人群声音在他耳边变小,所有抽出来的静脉血、指尖血、血袋、血清,都在不停地上升,汇聚成一条红色的河流。鸽子鲜艳艳地降临在他身上。

那一刻他的双脚脱离了地面。他清楚地意识到了这种下坠感是什么。运动是相对的……这不是他在梦境里面下落。这是他的心脏在向上挣脱，逸散，向高空飞去。

高中生在那一霎时感受到了自由：心脏拉扯着肋骨，肋骨拉扯着胸腔，胸腔带起他沉重的肉体。医院在他的脚下飞快缩小，如同一个纸盒子。在高空，他嗅闻到了盛夏的气味。

风击打在他脸上。风不像风，像无数的剑戟从他身边飞过，显出白雪一般的尖端，在春夜里一闪而过。他像一条鱼漂浮在大水里，在他脚下，车流、灯光、城市，如海草，如沙砾，他挥动手臂，空气像水一样在他身边流过。他的血液发出喜悦的尖啸，心脏跳动，如同浸没在蜜与奶中，他感到自己无形，无体，无识，就像一条鱼融入大水那样，真正融进了天空之中……时间如同银鱼一般从他身边游过，他一伸手就可以抓住，再一伸手就可以将之拂去。他都可以感觉到溅起的水花落在他的皮肤。夜色里的飞鸟如同流星一般划过他的身边，天空中的星星红亮起来，如同行将熄灭的烟头。

十七年来他活在玻璃里。绿色的玻璃成为漂流瓶，瓶外的大海徐徐流过，他过得平庸而俗套，没有丝毫想要逃脱的滋味。谁能想到天空竟是这样的呢？谁能想到天空竟是这样的呢！时间变成了一种真正可以浸入、奔跑和超越的东西。月亮如同一盏大灯，明晃晃地照在他的头顶。

那一瞬间（或者是很久以后），他的十七年如同梦幻泡影，一掠而过。在他面前展开的是一个广袤的领域，如同银河一样普照着他，他在其中看见了李白、嵇康，还有千千万万个银河一般的人。那一瞬间他明白了自己的心脏为何跳动，那是一种需要，对于飞翔的需要：那是真正的龙啊！这种迫切需要在这一刻被满足了。可以说这种需要刚刚产生，也可以说它如同龙的血脉，长久地蛰伏在他身上，只等一个春日，然后如同神迹一般降临。他的血管发出喜悦而沉重的啸叫，他大笑起来，价值万金的眼泪在银河之间悬浮。月亮不只是月亮，他向月亮飞去。月亮并不陌生，它每一条明亮的沟壑和坑洼都显得如此熟悉，他飞向月亮，如同一次久违的归乡。

月亮近在咫尺。就在这时候，毫无预兆地，高中生想起了尘世。

他想到绿色玻璃，自己父母双全的家庭，学校，四楼，水房和墩布，地铁。他的母亲，庸俗而即将衰老，毛孔松弛。他的父亲，正在逐年发胖。这个清和那个北，王者荣耀，钻石。他立刻后悔想起了它们：月亮如同太阳一般触手可及。

这些东西浮现的那一秒，近在指尖的银鱼消失了。他的心脏牵扯着他，拉拽着他的胸腔，银河在他身边徐徐上升。他像陨石一样下落，无数光带从他身边掠过，飘浮的眼泪落在他身上，如同一场大雨。

心悸的感觉再次找上了他，如同一条踹不开的老狗。他再一次感到呼吸困难。然而心脏在离地三尺的地方拽住了他。那一瞬间，高中生感到痛苦，他的肉体和心脏朝两个方向撕扯，他觉得自己要四分五裂。对于一个见过真正的月亮的人来说，降落是多么痛苦的事啊！他终生不可能回到框着铁栏杆的窗户里面，上大学或者不上大学，从此平庸地了却余生了。这是不公平的：神迹降临了，但只降临了短暂的一秒。月亮随即收回了它的恩旨和美意，放逐了他，好像把蛾子放回漫长的黑夜里……可他是见过火的蛾子啊。这怎么可能呢：蛾子从此永远离地三尺，撞死在灯上，从楼里跳下来。蛾子的翅膀如同锦缎，飘扬在风里。

高中生想了一会儿，抓住一个路灯，扶着灯柱子，开始干呕。

他手捏着喉咙，先是呕吐，然后夹进了一些咳嗽。咳嗽带出一些干红的液体。它们黏稠而有弹性，没有向下坠落，反而向上流淌，如同鸽子红艳艳的羽毛。他用手指压住自己的舌根，继续用力地干呕起来，干呕中掺杂进了撕裂的声音，好像荒原上海豹的叫声，一种悲伤的、嘶喊的虫鸣。春天将近，春天将尽。月亮在高空照耀着：它如同一个硕大的银币，自由女神的头像在上面闪闪发光，但又有坑洼的表面，宛如月球。

他最后成功了。一个拳头状的东西带着血落在他的手心，他擦擦表面的血迹，仔细地端详它：血管如同筋膜一般包裹着它的表面。在春夜的空气里，它轻微地跳动着，好似拥有了生命，在它左半边是黄金一般的笑声，右半边则是白银一样的泪水。高中生最终得以落地。他拿着这颗心脏向前走，鲜红的血液从它表面滴落，在人行道上留下一道漫长的痕迹。

尘土的重量最终落在了他的肩膀上。他捧着这个仍在跳动的东西,把它塞进垃圾桶。回家的路上突然下起了雨,春天里罕见的、瓢泼一般的大雨;水洼在路灯映照下明亮而褶皱,如同无数个月亮碎在里面。他摸摸兜里,手机还在,剩下轻飘飘的十块钱,被雨水浇得闪闪发亮。他不打伞,也不戴帽子,一只手插在破了洞的裤兜里,就这样朝家走去。

           指导教师:牛 爽

我需要一片柔和的哀光

◎高二（7）班　曹中畅

　　他开了不到两个小时的车，在香山到植物园一带感到了从未有过的爽快。避开人潮的路段回归了生活，路边卖剪纸和机器人和捕鱼网的商贩已经纷纷收摊，附近居民常来的法式餐厅已然灯火明亮，在夏季的白色傍晚里这种莫名的小资情调让他心中震颤不已。

　　别误会，他喜欢对明亮清洁的餐厅嗤之以鼻，毕竟他身边已经没有了姑娘，如今的资本家又的确负恩忘义，食物和环境常常不成正比，于是在他的年代，这种忘年老炮的气质成了必备单品。但是他难能可贵地保持着心中一点儿真实不装腔的态度，所以这种令人真心沉醉的缓缓世界同样可以将他击中。谁不想住在这里，他一打方向盘，头也不回地向前而去。他要去植物园。

　　来到植物园时大约是六点半，停好车走向售票处的时候又过了十分钟。植物园要关门了，但是一切都在他的计划之内，尤其是卖票的师傅没有过问更加让他欣喜。不是所有人都会在这个时间段来到这里，事实上他看到停车场里寥寥无几的车都是要离开的，尘土不再飞扬的地面让他感到陌生。但他仍然毫无阻碍地通过了检票口，这时距离植物园正式闭园还有十五分钟。

他打开胶片相机拍下入口处的荷花。并非是在池水中，而是浸泡在石坛子里。这种古朴的质地竟然在泛白的荷花映照下显出大理石的质感。脑中一个闪光，他有些迟钝地明白，植物园吸引他的一个原因就是这种感觉，一种类似于国外小镇的喑哑真实的感觉。他想：这里像国外。

这种莫名其妙的体会随着时间的流逝不断加深，甚至他只消片刻就轻易融入了这种错位感里，但是随后发现自己开始变得不满足。五分钟后他在收摊的零售店老板那里买了一碗冰淇淋，坐在长椅上吃着。牛奶又凉又甜的味道让他的感官变得更加奇妙了。他想这次来植物园至少不是个错误。

之所以突然跋涉到城市的另一端，是因为来自朋友的建议。事情是这样的。他拜访一位写作者朋友，倾诉他深藏的一种苦楚，就是他常常在一些特定的地点和情境里，感到莫名的感动和呼唤。这些地点包括但不限于：庙宇中错落的黄墙，鳞次栉比的高楼大厦，海滨城市中心悠闲的广场，还有动画电影中像是要融化在烟水里的青山和村庄，和北欧淡蓝色的小城。这种发自内心的呼唤反复出现，他在揣测中推断，这些地点有一个共同的特征，就是它们中的人都过着一种他难以接近的生活。接近这种生活因为困难而令他变得十分渴望，于是，久而久之，他开始相信这背后其实有另一个世界。

作家感同身受，并且告诉他类似的感觉也曾出现过。十年前，作家曾出差出到抑郁，望着火车或者飞机外的灯火，意识到这万家灯火的每一个灯泡都是靠人手装上去的。作家继续说，它每一个亮点背后都牵涉着无数的活人的灵魂。但我淹没其中，我不知道他们都是谁，而且哪怕我知道了，对人生也毫无意义。

作家说这些的同时他感到深深的感激和无力，因为他很清晰地知道自己并不具备对方的语言能力，被说出心中所想至少证实他并非孤身一人。但是或许这也说明着他也就到此为止了。作家也没有继续这个话题。他们友好而正常地吃了饭，挥别时，作家突然叫住他：小武啊，最近植物园的——很好，你一定要去一下植物园，你年轻时很喜欢植物园。

当天晚上他梦到了很混沌的东西，模糊明亮的，他想要深入其中，但是忘记了之后的事。第二天醒来他发现全身酸软无力，原来是不幸感冒了。感冒更加不幸地发展为肺炎。为此他连续养病将近一个月，在康复后，念念不忘作家口中的植物园。不巧的是他忘记了植物园有什么特别之处值得他一定要去，事实上任何公园的喧嚣如今都令他厌烦。于是他做了一个决定：他要看看闭园后的植物园。

已经闭园了。冰淇淋在化掉之前吃掉了。几颗浮星照亮了一小块天幕，傍晚就要变黑了。他丢掉了冰淇淋的纸碗，觉得是时候了，于是毫不犹豫地向园区深处走去。

广播里回荡着谢客的声音，服务人员在四处建议几个游人离开，而他走着空无一人的大道。这条路上总是人来人往，但不是现在。他是独自的，甚至没有人来让他走，他其实早已做好准备被赶走了，没有为自己准备任何借口，但是没有人来。这条路上只有他，和一个从很远方缓缓接近的小块。又步行了两分钟，他看清：那是一辆清洁车。

直到他可以看清车上大爷头上的皱纹和痦子时他也没有改道。他实在是不知道怎么像个逃兵一样逃离这个或许他本就不该来的大道。已经做出了这样随性的事就不会离开了，他有条不紊地走着。大爷也同样稳稳地坐在车上，像是小轿子上的皇帝，而他正在接受检阅。他们都礼貌地靠右行走/行驶。这时会面已经到了迫在眉睫的程度，但是两人都没有相互致意的意愿。他作为社会人的一部分清醒地责备他为什么还不离开，仿佛寄留在闭园后的植物园是一件道德之玉上的巨大瑕疵，它虽然是一件小事却可以改变一生。他那时被打动了：虽然面无表情，但是他莫名其妙地想哭，以一种类似于盗窃被捕后颜面无光的姿态，他在心中不断地呼唤他的父母，向他们道歉。这种微妙的心理活动让他纹丝不动的脸上发生了一丝变化——他动摇了……清洁车低沉的声音近得令他发抖。说到底，他反应过来，他为什么要做这种无意义的事情呢？

但是下一刻，奇幻的一幕发生了：清洁车与他擦肩而过了。

这件事直到多年后以他的智慧也没有完全理解。或许是因为他镇定自若到了大爷误以为他是工作人员的地步，又或许公园当日由于一些特殊原因允许外人继续进入，再不然大爷根本就是懒得管职责之外的事，甚至都没有看他一眼，他想。不过在当下他得出了一个与上述猜想完全不同的结论：那就是像他一样的人其实很多。

这鼓舞了他。他没有回头去看那辆清洁车，反而是抬头观望了一下迅速黯淡下去的天空，觉得自己时间紧迫。他于是振奋人心地加快了脚步。很快地，他看到了前面卧佛寺与樱桃沟的入口，它显然已经不开放了。没关系，凡事不能过于计较，他跑了起来，默念着舍身成仁之类的口诀，在"请勿入内"的标志前一跃而起。

口诀是他胡扯的，但这一跳令他回到了从前。充满青春热血的时候他也喜欢过漂亮的女孩儿，她在他眼里曾经像猫一样神秘，猫一样忧郁。没关系，她是最动人的。他们曾经一起在加利福尼亚修剪整齐的草坪上喝着雪一样洁白的汽水，甜味剂挥洒的半空中他也暗自感动过也发过誓，疯狂的星空下他们曾经驱车奔驰，那时的他年轻有力，清晨对着镜子看出自己眼睛里无穷的渴望，他清楚地知道自己需要什么，并且有充足的信心能够负担得起。

吹到脸上的风让他从回忆中解脱出来，在无人的地方他发现自己一身冷汗。他已经超过三十岁，却浸泡在自己还年轻有为的糖浆里，相信着曾经镀金的视野。离开了校园他渐渐什么都不是，虽然他从心里知道这无关周围的环境，这是来源于某种本质的缺失，如果不是事出差错他在哪里都会过得很好，从小到大他对自己出人头地的莫名自信从未中断过，事实上他也是一路这样证明下来的，但是在某个路口他不由自主地停了下来，就像是玩了一局完美的游戏，在通关之前却觉得自己的来路上少了什么东西。

樱桃沟的水流依然干净，他觉得他们一定处理过，那些腐败的垃圾和淤泥在他的记忆里忽闪而过，他不确定这些记忆是否真实地存在。樱桃哪里也没有，四周只是高过五个他的树，长得望不到尽头。天完全黑了下去，在这种恍惚到有些阴森的氛围里，他后知后觉地意识到，自己可能走了一条与白天游览时不同的路。因为他的面前是一座山。

并非此路不通，而是脚下的路在不知不觉间延伸成一条土路，他崭新闪亮的球鞋在尘沙覆盖下露出黑夜中唯一的一抹金蓝色，仿佛危险的信号灯提示他转头回去。现在离开还来得及，他想。注视着小山边漆黑的树干上难以辨别的蚂蚁，他决定继续走下去。

名牌球鞋质量良好，他没有感觉到脚部的不适；但沿着这条土路上山的话，用脚是不够的，他必须随时准备好双手去攀住石头的尖端或者插入凌乱的树杈。这种野外求生的感觉刺激着他沉寂已久的叛逆欲望，他在不知不觉间认真对待着，旧日积累的身体素质优势这时体现出来，即使他已经忘记他的前女友是怎样鼓励和称赞，也忘记了她那毫不逊色的身材，事实上他已经不再在意肌肉和形体，但是呼吸是不会骗人的。他的肺源源不断地爱着他，保护着他，远比任何人类能给出的情感要来得更加强烈。无氧运动产生的类似酒精的物质让他有些沉醉，连带着因疲惫而肿胀的牙龈也不再那样痛了。他兴奋但难免有些绝望地发现，翻过这座小山并不是想象中下去的路，而是通向后面连绵不断的黑色山脉。

在白天的植物园能看到这片苍山，现在在面前的这个却完全不同，它如此巨大地伏在他的眼前，是那样需要抚慰、需要征服。他隐约知道自己已经没有别的选择，他来到了一个了无退路的悬崖，这种羞辱一般的刺激令他跃跃欲试。他岂止没有白来，他简直是赚大了，这座更大的山令他联想起了儿时在瓦片中发现的一窝喜鹊，它们那样令人生怜，令人生欲。他感到从未有过的忧愁畏惧，这种体会让他奋而前行，但是刚刚走出一步他就更加惊恐地意识到自己大病初愈，而且空腹一整个下午，攀登带来的痛苦和虚弱感交错着让他感觉自己状态非常不好。他的眼前又开始充斥着一片柔和的暖光，他挣扎起来拼命逃离这种缺氧和低血糖的先兆，同时他开始咳嗽了，肺炎中那种废人一般的状态是如此可怕以至于他第一时间想到了这点。但是更棘手的是，他不能昏倒在这个无人的山里，没有人会救他回去的，他回不去了，他感觉自己已经被泥土埋葬了——

眼前的炫目光圈不断地扩大，他突然发现那不是他的幻觉，因为它更大了，而且更亮了，与此同时脚下的路也开始变得平坦。他立刻逼迫自己向上爬了最后一小段，然后站在一个小型的平台上，他看到了……那是一个平房。

与他千万次不知不觉的梦重合在一起，他走向那扇窗户里朦胧的黄光，时间不断嘲笑着他倒流回过去，他不知道该抓住哪一帧，是哪一段记忆导致了他如今的光景：父亲带他来过一次的澡堂吗，在女朋友之外喜欢的那个姐姐，上房揭瓦时不慎摔死的一窝喜鹊，或者是短暂军旅生涯中那次混乱的体检，人生中第一个奖学金，姥姥临终前一个月慈祥的笑脸，还是说所有的一切都不重要？他缓缓闭上眼，澡堂的热气抚摸着他的眼镜，他已经大汗淋漓，真正像筛糠一样颤抖，他不知道为什么这里会有一个澡堂，他觉得自己可能会在这里遇到上帝。

这种太过震惊带来的魔幻只持续了十几秒，之后的事情就顺理成章了。他沉默地摸出五枚硬币交给门口的老板，拿着硬得硌手的手牌进去更衣。他的身体已经没有做运动员时那么矫捷了，但是在若隐若现的肥肉之下，他觉得自己仍然好看。事到如今他仍然不明白为什么优子离他而去，他的确喜欢那个姐姐，但是只是喜欢了一下，他知道在内心深处他还是喜欢优子的，他是那样爱她，他来这里找她，他在梦里找她，在刚刚失去她的那个月他一个人在异国他乡的街道上走着，面对着奇形怪状的路人，仿佛连英语都不会。

他脱好了，光着脚向男宾的池子走去，他甚至忘了想一下这个澡堂有没有女宾部。池水蒸腾得昏黄的样子令他回想起自己的饥饿，他担心水中的温度真的会令自己猝死过去。但是没有，他试探着走下池子。令他惊讶的是，第一，池子的台阶刚好够到他的腰；第二，这个澡堂里面只有他一个人。

但是没关系，他一点儿也不害怕。他发自内心地清楚这只是一个开端，现在他开始莫名地确信这背后有一个不一样的世界了。他的推断并非不可取，甚至可以说是完全无误。他发现有人在隶属于植物园的山上生活，而且他们确凿无疑形成了远超工作的生活，这座澡堂就是证据。他来对地方了，他还有很多时间，他的身上还有现金，他可以慢慢地自己摸索。

浴池的水渐渐冷却，而且在这个过程中又有人来。他了解到对方是在附近的工人，却不清楚这附近究竟有什么工地。在泡澡带来的眩晕和解放中他肆意地想，或许这背后有一个巨大的谜题。他嗅到了阴谋和故事的味道，至少可以作为一段传奇的冒险经历。果然上天不会令他一事无成，他在冷酷的兴奋中确认了这件事。他不准备等下一池水，他不准备继续泡下去了，现在估计是八点到九点之间，他确定附近会有一个村落，而且有落脚的地方，他可以在那里住宿一晚。于是他穿好衣服向外走去。

　　隔着窗户他看到窗外寥寥的星光，停在山下的车已经那样遥远，他不在意，当然也看不到了。一种微妙的悲伤让他打开窗户，鲜活真实的夏夜扑面而来。他没有听到蝉鸣声，但是他感到了蝉翼在不远处的树枝上扑动。他站在里面，蝉在外面，它把最幸运的一丝晚风轻轻吹到他的脸上。这个风不冷，是温的，带着他无比亲切眷恋的气息。他是多么爱这里啊。他以一种近乎怜爱的态度观赏着被灯光吸引的飞虫。他们熠熠生辉，像是炭块和火星，很快就要烧着。

　　时间还是过去。他终于关上窗来到门前与老板道别。老板不在，但是他没有离开：他被放在桌上的一副耳机吸引。耳机是头戴式的，里面传出的音乐是嘶哑聒噪的。他知道他不该伸出手，但是他鬼使神差地过去了，紧紧地盯着这个格格不入的物件，像要把它一口吞掉那样。他最终粗暴地捞起它来冲入外面的空气里。或许在翻过告示的一瞬间他已经无法回头了，或许是在与大爷擦肩而过时，又或许从他因为肺炎躺在病床上看到窗外横死的蝉的那一刻开始，这一切早就疯狂地运转，他得到他需要的东西了，但是他已经回不去了。他清楚地知道心中的某些东西正在永久地失落，在一片荒凉当中他突然被这种决绝冻住，他总是这样后知后觉。

在不理智的奔跑中他痛哭起来，胡乱套在头上的耳机发出意想不到的音乐，多少回忆构成了他如今这个人，这张脸孔这段经历这些情感，他这是选择了怎样的一条路啊。嘶哑的声音和优柔的旋律混合在一起，他在心中一遍一遍呼唤着他觉得有所亏欠的父母，眼泪不受控制地疯狂流下来。

> 我想要回到老地方
> 我想要走在老路上
> 我明知我已离不开
> 哦，姑娘
>
> 我就要回到老地方
> 我就要走在老路上
> 你明知我已离不开
> 你明知我已离不开你
>
> ——改编自崔健《花房姑娘》

【一点后记】

感谢阅读！

在这次的文章中，我想讨论的是那些仓促间做出的决定，对陌生事物的向往和勇敢，无法停留的过去，以及，为了追随命中注定的需要，我们究竟能够付出什么。小武的冒险中有我似曾相识的感觉，似乎我在什么地方也做过同样的事，而且最终也得到了些什么。

文章对生铁老师的引用和对歌词的引用有所改动。非常感谢他们如此优秀的作品。

再次感谢！

指导教师：樊后君

我需要一根绳子

◎高三（10）班　王美璇

写下这个题目的时候，我想到了在冰岛的那个清晨。我披着风衣，溜出卧室，蹑手蹑脚踩过客厅的落地窗前，一个人走到门外。

冰岛太靠北了，她的夏天几乎没有黑夜。我醒来在凌晨三四点，亮堂堂一如白天，只是人声未起，世界安静得像一捧雪。

我想这时应该去看看冰岛的云。

我一直是很喜欢看云的，包括在国内，在老家。仰着头，祥云如画，成片，或者成朵，都喜欢。看云时我常常突发奇想，仿佛自己可以攀住一根绳，悠悠地往上荡。碧空越是澄明，我心里就越发没有徒增烦恼的碎屑，没有沾惹清净的尘霾。

就这样一个人走向屋外。拧开门，又将门把手一转，合上门，让锁舌只作无声地回弹，关紧，再转过身。

哇！那云！照眼的尽是一望无际的漫天的朦胧；而旷野天低，只有足够的辽远，却没有足够的高度。我从没见过这样低这样近的云，这样绵软白皙仿佛透着晶亮的云，这样宛然从容不迫的浪休雪眠的云。那云，没有给蓝天留一点儿罅隙，只是隐约藏着些阳光的晶莹。我在原地转了一圈，目光像风景纪录片中的旋转镜头，脑海中自动配上了《狮子王》的主题曲。

我甚至仿佛能看到自己。我小小的身形立在天地之间，把脖颈折成直角向上望。而我的灵魂荡上了云层，云端奏响节奏舒缓的乐曲，许多日常生活的掠影从回忆的心版上簌簌滑过。

重新审视我的生活，那些曾经自以为值得铭记的故事，不过是奔走忙碌；那些自以为虔诚的愿望，不过为着一场考试，一场病，一个或许精致的人设。那一面曾经恨不得砸烂的架子鼓，终于被别人买走，要移出房间时，我不是突然眼眶一湿吗？想当初，雀跃着把它买回来的日子，那一种站在舞台上铿锵击奏的幻想与渴望，原是多么可爱！还有，小升初时突然传来不再考奥数的消息，我把陪伴三年的一摞竞赛备考"天书"终于从书架堆进箱子里，不是忽然停住手，又翻阅摩挲了好久吗？原来拼搏也是值得留恋的。太多太多了，比如一切将要结束时才明白的事理，一切最终找不到表演空间的生命导演。小小的梦想，我为何要自行掐灭？崎岖的攀登，为什么没有人检阅我就半途而废！

我回过神来，万籁俱寂。立定，一时间我忽然对乏味的生命流程喊出了不甘心，无论雅俗，一路上弃置太多。我需要一根从云端垂下的绳索来接我，我需要无尽的远方和无穷的惊喜，我需要一个真正的凌云的体验。而且，必须是一根绳子，梯子不行，飞机也不行。

小时候看过一部电影，十年之后的今天我还记得里面的一个镜头：在被一条溪峡劈成两半的森林里，女主角抓着一根绳子从这边森林荡悠到那边森林——那是她的特雷比西亚王国，她用白日梦构建出来的仙境，那里每棵树都是她的哨兵，每只蜻蜓都是她的精灵。那条小溪割断的不仅是森林，也是现实与想象，在现实生活中难以逾越的痛苦和失意总能借助那根绳子被抛在脑后。可惜后来绳子断了，然后男主角搭了一座桥，于是这部电影的名字叫《仙境之桥》，但我一直觉得那根绳子比桥更好；我一直怀念女主角荡绳子的样子，她带着那样明亮的笑容在树影斑驳的溪水上摇曳，那一刹那，阳光从树梢的罅隙中漏下来，刚好照在她的脸上，把她的美丽与活力渲染得恰到好处。

那岂止一根绳子？那是自由，是灵动，是风呼呼掠过的痛快，是惊险和激烈。它让我们从日常生活的逼仄与庸常欲望的压制中跃迁，看到通常情况下看不到的一切。

直到现在，我还是会常常想起来那个冰岛的清晨。铺天盖地的白云，极目远眺也看不到边。云浪透着晶莹，仿佛裹着远方的未知，在我眼前浮动。我什么也没有看到，又好像看到了许多，我禁不起凌云的诱惑。

云海庞大，每一缕都闪着自由的光，我的思绪穿越山川河流，奔跑着，跳跃着，没有束缚。世界这么大，它永远装得下我所有的想象。这些，分明就是我想要的。

我也曾在某个放学很晚的黑夜中停下来望月，联想到这世上还有许许多多与我无关的快乐与悲伤；又或者是答完疑抱着书走在空荡荡的操场上,仰望白而微蓝的天,深呼吸,想要推开四周的高楼,变成一只鸟,飞得很远很远。

是啊,世界这么大。我不要再把自己放在小小的坐标系里,只能靠"比 A 好一点儿,比 B 差一点儿"来描述自己的位置;我不要再按照别人列好的人生愿望清单,走一步路画一个小小的对勾;我的新年愿望不要总只是身体健康,学业进步,减肥成功,一夜暴富……

我需要那么一根绳索,一根能把我从狭窄和琐碎中解救并提升的绳索。我向往凌云的体验,却也不是要获取俯视资格之后的得意,我只是想让心阈更大,让视野更宽,看得见校园更加欢实,看得见野马更加自由。

指导教师:王退之

我需要真实

◎高二（7）班　郝佩哲

近来偶然看到一篇高考满分作文，初读之下感到颇为惊艳：文中引用了诸多文化典故，光是所列出的书目就有十本之多。可仔细阅读之下，便发现了一些问题：作者在文章开头便写到"傅庚生先生在《中国文学欣赏举隅》中抛问：'后生学者，文与心道契否？'"，而我在半信半疑地翻阅了一遍《中国文学欣赏举隅》这本书后，根本无法找到这句所谓的抛问；作者"引用"了"雅克·巴尔赞《从黎明到衰落》中指摘的'横态木偶'"，要知道雅克·巴尔赞本人温文尔雅，《从黎明到衰落》实则是一本史学著作，书中几乎没有批判性的语句，也更找不到"横态木偶"这种不知出处的奇怪术语……再查之下，作者所引用的其他内容大多与真实书籍中的信息不符，可谓是漏洞百出。

当然从考场作文的角度来看，这篇文章确有不少值得借鉴的地方。但是随意改编自己并不清楚的事例来获得阅卷老师认可的行径，总是令人不敢苟同的。身为和作者一样的学生，我固然也想取得高分，可我还是常常提醒自己：我需要真实。

在这里要明确的是这种对真实的需要并不是要求人品纯洁完美，而是指要真实地表达自己的所知所想，自己的所言所行不与事实伦理相悖。这种需要尤其在革命的年代会发挥出其特有价值。法国大革命时期诞生了伟大的《马赛曲》，而这首战歌的作者鲁热，不过是一名普普通通的工兵上尉，他除了《马赛曲》之外从未出版过任何诗歌或是歌词，而且一生贫困，干过各种各样却并不干净的小行当，不得不匿名在人世隔绝的地方度过了一生。最让人意外的是，他其实抵触革命，拒绝为共和国效力，对大革命期间所有当权者都愤愤不平。实在很难想象，如此渺小之人竟能写出一首祖国的颂歌。

若想探究这个看似荒谬的故事的原因，不妨把目光集中在《马赛曲》诞生的那夜。茨威格是这么记载的："（鲁热）把全体国民那种最内在的感受表达出来了，说出来和唱出来了。"他把自己心中"对暴君的仇恨、对乡土的忧虑、对胜利的信心、对自由的热爱"汇集到一起，以全国民众的脉搏为节拍，最终成就了这首永恒之歌。鲁热一生最辉煌的三个小时，恰恰是其抒发自己最真挚的情感的三个小时。

其实大可不必纠结于鲁热后四十余年的潦倒平庸，作为一名再普通不过的军人，《马赛曲》足以使这名卑微的常人跻身不朽者之列。正如很少有人在意牛顿个性上的斤斤计较或是在意凡·高精神上的另类和他的疾病，人们都只会去学习牛顿在科学上的巨大贡献，欣赏凡·高举世闻名的艺术作品。也正是因为终身饱含对真理的追求，牛顿才将自己总结为"在海边玩耍的孩子，不时为拾到比通常更光滑的石子或更美丽的贝壳而欢欣"。凡·高凭着自己对艺术执迷的追求和他的天赋，在他那极为不幸的一生中创作出人类文明的瑰宝。

诚然一般人往往很难想象自己在某一领域作出杰出贡献，但这并不能成为中断或是抛弃对真实的追求的原因。的确，作出杰出贡献的人少之又少，可真实从来不是被贡献赋予的意义。真实一直是人类心灵的必需品。它是个人良心的哨兵，是个人行为的监督者。无论对谁来说，内心缺少真实都会给个人带来一定程度上的惩罚。这些日子在网上炒得沸沸扬扬的翟天临事件，起因就是翟天临在直播时随口问了一句"知网是什么"，结果被网友扒出有关他高考、考研、考博的造假丑闻，导致其博士学位被取消，"人设崩塌"，究其原因还在于他多年来的造假行径。由此可见，最基本的真实——常说的诚信对于个人而言是生存的一个基本原则。

稍微将讨论的范围往大了来看，也不难发现真实对于这个时代的价值。现在人类处在一个飞速发展的时代，对于社会生活来说，更是一个娱乐至死的时代。尼尔·波兹曼在《娱乐至死》一书中详细阐述了这一观点，他一针见血地指出最危险的事情在于娱乐"企图涉足严肃的话语模式"，"然后给它们换上娱乐的包装"。而我本人更喜欢这样的比喻：将时代比作一辆不断前进的列车，历史上的人们只不过是上下车的乘客，也正是乘客根据自己的能力改装了列车。现在一批小丑登上了列车，他们引人欢愉，同时也拥有着巨大力量。他们赠送给乘客们滑稽的面具，将不同乘客的不同车厢包装成带有他们特有的风格的模样,从而给了整节列车一次全新的改变。这批小丑就是愈来愈先进的娱乐业。在这种情况下,赫胥黎所预言的歌舞升平的文化枯萎模式不再是似乎不存在的设想——人们很有可能会"不知道为什么笑以及为什么不再思考"。那个世界更像是楚门的世界——被娱乐而不自知。

不过对于娱乐给未来造成的影响也不应持悲观态度。纵观历史,另一种危险的文化枯萎模式——专制集权,在许多国家的不同时代都曾一度令文化接近于失去未来。而那些影响世界的伟人无不是在他们所处的危机与希望并存的时代以自己的真知灼见和躬身力行重新让人类文化看到未来,无论是基督耶稣还是穆罕默德,无论是苏格拉底还是孔子。不仅伟人如此,在历史的潮流中人类总是不断反思改正,朝着各个时代的真理前行。食指在一九六八年所创作的名诗《相信未来》中更是写道:

> 我之所以坚定地相信未来,
> 是我相信未来人们的眼睛——
> 她有拨开历史风尘的睫毛,
> 她有看透岁月篇章的瞳孔。

即便是在电影中,楚门也毅然告别所处三十年的世界,走向门外真实的人类社会。

作为历史中渺小的人类个体而言,到底应该是像梭罗说的"不是爱情,不是金钱,不是信仰,不是名誉,给我真相"还是如罗曼·罗兰所言"看清这个世界,然后去爱它",无人知晓,但人人都在探索。我知道这是一条很难走的路,却也愿追求走下去,愿携真实的人品与思维开拓仍然迷茫的前程。

指导教师:樊后君

我们需要站上顶峰?

◎高二（11）班　刘瀚溥

地球驻 R 星使馆 2084 年电　这一年注定将成为 R 星文明的里程碑。在这个脱胎于地球而迅速繁荣的人类新家园，艺术家正让艺术走上顶峰。使馆记者在对亲历者衡星的长采访后，整理出此事的来龙去脉。

这项被称为"纪元塔"的作品方案在十个地球年前由 R 星艺术家齐老给出，不久后他的学生衡星决定将其付诸实践。他宣称，"纪元塔必将成为 R 星文明艺术的巅峰，它是完美应有的样子"。衡星提及，这一方案是从老师资料库的回收站里偶然发现的。"我不明白他为什么抛弃了这样完美的方案，他曾多么珍视它……现在他离群索居，拒绝对他的一切作品发表评论。"

一个对艺术充满崇敬的文明不会轻视这样的决定。一切可用的人力物力被调动起来。从晨曦初现到暮霭昏沉，衡星奔走于堆积成山的原料和建筑地之间，在身体的劳累和精神的亢奋中，奏响心目中 R 星艺术史的最后乐章。

十年之后，纪元塔巍然耸立，建造已达尾声。即使它仍需最后的润色，亲见者仍无不深受震撼。"一切语言在它面前苍白无力，一切美在它面前自惭形秽。"使馆馆长前往观赏时，颤抖着写下了这句话。"现在它已前无古人，不难想象，在最终落成之际，它必将做到后无来者。"《R星晚报》如是评论。

黄昏时分，纪元塔静静矗立，染上如血的残阳。衡星独自立在远处，凝视那心血筑成的作品。难得的小憩。他抽出一根烟，看了看烟盒上"R星烟草公司精制"的字样。天色渐暗，纪元塔的一抹鲜红渐渐褪去。一点闪烁的火星，几缕青蓝色的烟雾。一丝风轻轻飘过，独自吟游在广阔宁静的天地之间。

火星渐灭，衡星合上眼。一阵细微的嗡嗡声，仿佛从遥远的外太空传来，随后似乎是若有若无的滴答声。闪电般的亮光，紧接着一声巨响。他在惊骇中睁开眼，一瞬间头晕目眩：在轰隆声和尘土中，纪元塔正在分崩离析。

他疯狂地向塔的方向奔去。在警戒线外他被警察拼命拦住。"这是怎么回事？"他歇斯底里地叫喊，却只能无助地跪倒在地，用死灰般的目光盯着那宏伟的艺术品一点点倒下，无情地化为尘灰。

第二日，R星的各大媒体刊出了"老艺术家带人摧毁纪元塔"的新闻。在震惊之后，所有人开始把最恶毒的语言泼向那位先前曾令他们敬若神灵的老人。与此同时，衡星从众人的视线中消失，独自咀嚼着痛苦。"我不知道老师的动机。这对我的打击……他为什么这么做？为什么在这时候做？……"

两周的时间里，齐老和衡星没有对公众做出任何回应。人们的愤怒渐渐淡漠，而衡星的痛苦与不解与日俱增。在一个清寒之夜，他悄悄走出家门，迈着艰难的步子，向老师的隐居处走去。

熟悉的羊肠小道，熟悉的古朴门扉。齐老对他的到来并未感到意外。衡星觉得他老了许多。

无须寒暄。"你是来找我谈纪元塔的吧。"

"是，老师。您不知道，这对我的打击……"衡星竭力控制自己颤抖的嗓音。他仍难以承受这一切；但他隐约感觉，在老师苍老的皱纹间，藏着更深沉的悲哀。

一阵沉默。衡星不由得忆起往昔。那时的老师总喜欢和三五位同人凑在一起侃艺术，说到好处，便径自开怀大笑，往往把手里的茶水洒了一身，尚顾不得去擦；他若也在场时，老师在同行之间虽极力自谦，对他的自豪仍溢于言表。自从老师绘出纪元塔的方案，便如换了一个人。他搬出自己的旧宅，隐居到只有他自己和学生知道的地方。他躲避所有媒体甚至那些老友。他变得不苟言笑，眼睛黯淡下去，落魄一般。他很快将那方案扔进回收站，但没有销毁它。那天自己无意翻出了它，便瞒着老师将其筑起；最终却落得此般境地……

老师清了清喉咙，将他拉回现实。"这些天我一直在后悔。不是后悔毁掉了你的作品。后悔的是没有早早毁掉那原稿。"

"但那是艺术殿堂的伟大财富！为什么毁掉它？"

"在你眼中它是财富。在我眼中，它是我一生得以见到的最伟大的作品；但我随后意识到，它是一把利剑——一把刺死艺术本身的利剑。

"它并非出自我自己。它来源于我在多年前捕捉到的一个宇宙信号。我一生的所有作品在它之前只能算是粗陋原始的小玩意儿；正如你感觉到的那样，它囊括了宇宙间的一切大美。

"我无法割舍对它的钦慕，因此我画出了它的草图。但那之后我失去了一切灵感：每当我寻得一点儿创作的元素，我总能在那份草图中找到。对我而言发现生活的美已经意味着在那件作品中找到已经被表达出来的东西。艺术不应是这样的：它的真谛在于美和情感的发现与创造，而不是单纯的欣赏。

"我意识到它的危险：它是艺术的毒品，让人沉浸于其中，失去自己的想象和创造。我试图戒掉它，却太不坚决，结果它不幸让你看到。如果我行动再晚一步，整个文明的艺术将陷于麻醉和自欺欺人，人们对美的认识将永远停滞。让这悲剧只限于你我二人吧。我本深切地期待着你的才华；但对不起，我没有果断地销毁它，最终断送了你。"

…………

现在，纪元塔的遗迹旁树立起一块朴素的纪念碑。上面刻着峻峭的字样："我们曾以为我们需要站上艺术的顶峰；有人站上去了，却只看到无尽的空虚。"

指导教师：李晓阳

我们需要黑夜

◎高二（3）班　丁思源

你曾经到过一些地方，也曾经见过一些景色：曾见过大觉寺中海棠烂漫，也曾见过沧浪亭间水榭楼台；曾于魔鬼城中见黄沙缭绕，也曾在深山迷路偶遇白桦林间一地月光；曾独自一人，于日落大道见世界趋于昏暗，也曾耐住寒气，在黑马河畔俟日出黎明。

这些景色，或雄奇瑰怪，或婉约清丽，均是世间难得之美景。可你内心仍不满足，仍有些许失落。直至那晚，你来到了敦煌。

落日余晖，在天地尽头破碎、消散，于荒凉大漠泛起片片金光。背后敦煌的古城中，心满意足的游客们纷纷散去。落日的敦煌委实绝美，倒也不枉了那句"大漠孤烟直，长河落日圆"中的波澜壮阔。自言自语间，不自觉忆起方才落日之景，内心仍悸动不止。

你转身，准备离开。

也许是天意使然？一个念头浮现于脑海：古往今来，描写落日的诗句数不胜数，可谓是"前人之述备矣"。不知为何，你却极少品读塞外长夜的诗句,莫不是才识短浅吧?

"罢了。"你轻叹,转身坐在金黄的沙。

古城伴着余晖散去,也渐渐沉寂下来。一阵风吹过,如泣如诉,你不自觉打了个寒噤。落日的最后一抹炽红早已消失,黑夜取代白昼,寂静取代喧嚣。连绵起伏的沙丘仿佛要将万物吞噬,鸣沙山呼啸而来的夜风,如怨如诉,回荡在天地间,使你心头一颤。

白月光透过浓密云层,将你额前黑发染上丝丝银色。清冷月光下,丛丛骆驼刺在沙砾中扎根。似乎只有在夜色中,你才会注意到这平日不起眼的低矮植物。它们张牙舞爪,贪婪地吸干周围的每一滴水。你忽然诧异起这低矮灌木的顽强,如同古时候的人们,在此地扎根,忍受住千年的孤寂与干旱。

云层遮住了月光,眼前一片漆黑。

光再次出现,已经是莫高窟外了。窟内精美的壁画,飘逸的飞天,使你不由得感慨古人想象之丰富、技艺之精湛。突然,你的心一阵刺痛:那是一片空白,在精美壁画间甚是突兀。那是历史的伤痛,也是血淋淋的罪证……你沉默良久,四周再度归于沉寂。走出莫高窟,又是哭泣般的风声。你忽然明白了:这哪里是风声,分明是对窃贼无耻行径的低声控诉,哀转久绝。

你仍是一个人,默默立于黑夜。难以平复的心情在夜色洗礼下,也渐趋平静。你突然听到了月牙泉的声音,流水声细小而舒缓,使旅人精神一振;你听到了驼铃声,一支商队满载香料,浑身沾满了历史的尘灰;你听到了诵经声,声音庄严肃穆，饱含对这荒凉大地的敬畏。你静下心来，听到了许多，仿佛与世界融为一体。

黑夜下，是前所未有的宁静。

你忽然明悟到什么。

大自然用一方黑夜，向人们诉说着最朴素的真理：生活，与黑夜有何两异？再热闹的人生，也需要一方黑夜去静对。再复杂的灵魂，亦需要一方黑夜，将身上的色彩洗净，不是吗？

可是，当今世界，哪里又有真正的黑夜？哪里的夜晚，不是人声鼎沸、车水马龙？哪里的夜晚，不是灯红酒绿、纸醉金迷？

纵使黑夜能够真正回归，又有多少披惯了光鲜外衣的灵魂，甘愿在浓密夜色中，将厚重的色彩一一洗净？

这是人类共同的话题，亦是人类共同的窘境。

我们总在寻找一片净土。

我们只需要一方黑夜，去守住内心的净土。

指导教师：宋　琳

我们需要哀愁

◎高一（11）班　刘秉涵

其实，哀愁并非唉声叹气愁眉苦脸，而是一种艺术之心，它包含着敬畏、怜悯、仁慈，还有感动。

——题记

什么叫作哀愁？不少人会觉得真是个矫揉造作的问题。如此多姿多彩的生活，不及时行乐，为什么反哀愁起来！那就错怪了这个字眼。何等欢乐、团圆的除夕夜，竟在爆竹声中，一响即散，恍恍惚惚地过去了。当你还没看够旅途的风景，却发现车已到了家门口。每一个人声寂寥的夜晚，总是猛然想起来，生命中又一天结束了，我还是一无所成。这一切，并不是身处灯红酒绿就能忘掉的。既然筵席必散，那又何不认真体会一下那种淡淡伤感的滋味，缠绵不断，难舍难分。

人的最高需求是自我实现，那么大概没人会否定我们需要实现美，实现价值。谁说哀愁亦不是一种美？譬如香消玉殒，红颜薄命，就是在美中平添一份凄凉，变得越发冲击人心。林黛玉的一生就是红消香断的，至死不愿落入凡世，短短十几年碾冰为土玉为盆，是多么洁净。无论贾府如何破败腐朽，她始终保持着孤傲的品性，让人觉得可怜又可悲。正因为在韶华中仙逝，我们才认为她的美，有一种超乎世俗的高度。试想如果她能和宝玉安享天伦之乐，纵使她再漂亮，有才华，那这个形象还会如此不朽吗？很多的美，被悄悄掺入了一种惋惜，一种转瞬即逝的伤痛。其实这便是哀愁了。正因为有了哀愁，我们生活中才多了一份感叹，一份悲悯。黄昏是美的，美在短暂的炫彩，明媚鲜艳的春花能有几时，终究是零落漂泊而去。但只可惜现在很多人已经否认掉这种哀愁所带来的美了。要知道，是那种转瞬即逝带来的哀愁，让我们珍惜每一次雨过天晴。每一次清晨霜降，是淡淡的愁，赋予美别样的意义，使我们更加充实、多彩。

还有一种哀愁，并不能发现美，却能引领我们发现自身。换句话说，这种哀愁就是对自己很深刻的思考。因为哀愁，所以宁静。有人说俄罗斯是一个非常深沉的国家，为什么呢？那里有广阔无垠的田野，浩荡无边的雪原消失在茫茫的天际。景色十分单调，但凝结着一种雄浑的力量。环顾四周，大地一片寂静，你大声呼喊，竟没有回声。天地间忽然就剩下自己，渺小得如一根稻草，一片雪花。什么纠结，什么欲望，都已经被浩荡的宇宙震慑住了。只有这时人们才会反省，我从哪儿来，又将去向何方？心灵无比纯净，只剩下一点点哀愁，一点点迷茫。这种带给人沉静的哀愁，酝酿出了很多伟大的杰作，像列宾的《伏尔加河上的纤夫》，柴可夫斯基的《悲怆交响曲》和肖洛霍夫的《静静的顿河》。这些作品无不因哀愁而起，为哀愁而生，使人鸟瞰大地，生出一种沧桑的情怀。很多时候，当我们孤独地处于天地之间，或者历史长河里，这种哀愁就会油然而生——既是一种感叹，也是一种反思，是哀愁的力量把我们引领到更高更远的地方，来审视内心，会突然觉得豁然开朗，云淡风轻。

我可以说，人们的生命力也是有哀愁夹杂其中的，那么是谁要扼杀哀愁，使现代的人们变得肤浅，小气，离真正的自我实现越来越远呢？其实并不能怪社会上追求物质，及时行乐的风气——这是人的本性，而且与哀愁本身并不矛盾。你可以随着秋风，追逐一群翻飞的银杏叶，欣赏它们金黄色的纹理，目送它们化作香尘，回归自然；当夜晚霓虹灯闪烁的时候，你可以透过五颜六色的光，仰望天空最深、最沉的蓝色，那个时候，你没有哀伤，没有忧愁，内心是纯净的，是被美所深深打动的。

哀愁不是一种多么强烈的情绪，而是一种生活态度。我们需要哀愁，我们接受它，品味它，而不要逃避。我们会发现更多的美，站到更高的境界，探寻更朴素的灵魂，更珍惜每一寸光阴。即便是在纷杂的都市，我们也需要哀愁得以片刻喘息。

正如迟子建所说："如果我们心中不再有哀愁了，尽管我们过得很热闹，但内心是空虚的；我们看似生活富足，可我们捧在手中的，不过是一只自我安慰的空碗罢了。"

指导教师：尚建军

我们需要对岸

◎高三（7）班　袁子晴

夏天的风裹挟着泥地上的草香拂过脸颊，王张着双臂，站在风中，好像要飞起来了。

"风是从对岸吹来的，你听这风，多欢快！"王闭着眼，"我可以看见这风吹起过无数只彩色风筝。"她睁开两只大眼睛，笑着等我的回答。

"噢，是啊，只是华北平原在夏天该刮东南季风才对。噢，也许是厄尔尼诺的缘故。"我搜索着头脑中关于厄尔尼诺的知识，记不大清楚，高考的压迫感却紧逼上来，我皱了皱眉。

"你总是喜欢这样自寻烦恼，看看这花，开得多可爱，就像……""连翘，落叶灌木，春季开黄花，果实可入药。"王翻了个白眼，怏怏地扭过了头，留得我一个人不解于自己何时变得如此乏味，又何时失去了最基本的浪漫与童真。

我抬起头，看向对岸。也许是没戴眼镜的缘故，对岸一片烂漫，黄黄粉粉艳得气势磅礴的，是排山倒海地奔入眼帘的花海。我甚至可以听见孩子们你追我赶的嬉笑，蝉呦呦不休地抱怨着阳光刺眼。

　　但我清楚地知道，对岸簇簇鲜艳的景致与眼前可入药的连翘别无二致，事实上，这条河边小路，无论哪一边都曾被我无数次走过。但直到今天我才意识到，正是因为隔着一条河，这咫尺距离之外的对岸才能带给我截然不同的审美感受。因为看不真切，对面的一切变成了孤立绝缘的意象，因为脱离了功利的实用价值和纷扰的科学理论而变得生动有趣，浪漫自由，我的心绪也跟着蒸腾起来，化作绿油油叶片上的一缕水汽，飞向遥不可及的想象世界与美的王国。

　　朴树的一句歌词从漫无边际中飞来：他时刻需要对岸，无论是在哪一边……看着对岸生动而静默着的景象，我有了短暂的共情。学习和生活的压力不可避免地蚕食鲸吞着人们的童真浪漫，因此我们都需要对岸，需要一个可以安放自己梦想与诗意的地方，这并不意味着我们要沉浸于对岸的美景，最真实的生活和感受永远都在脚下的土地。

　　古人官场失意，拜山谒水，在对岸的自然景色中寻找安慰；山野农夫天生长在山田之间，短暂而梦幻的市井生活成为安放远方的对岸也理所当然。也许人们总是需要隔段距离去寻找美，感悟美，而美本身也是相对且因人而异的。

　　"距离才能产生美是有道理的吧？"我问王，"花永远是对岸的好看。""也不一定，分人。"王说，她大大咧咧地笑着，拉着我向不远处的小山上跑去。一路上野草划过我们的脚踝，夏天潮湿的风从耳旁呼啸而过，我们气喘吁吁地一路跑到山顶。"看吧，这儿没有对岸了，因为你站得高，景色也一样好看。"轻巧的紫燕在天空中划过几道呢喃的虚线，河两岸的花海，甚至是翁翁郁郁的杨柳都被矮化了，但只是单单站在山顶上，这种感觉就比对岸任何的景象都美丽奇妙。

"寻找对岸不是目的，而是手段，境界到了，心所在处，即是对岸，即是远方。"王说，她闭着眼，张开双臂，好像又要飞起来了。

我明白了，相比于对岸，我们更需要的是在泥淖中寻找天命，在呕哑嘲哳间听得自己的仙乐。

指导教师：汪文龙

我需要永不停歇地思考

◎高二（7）班　张大童

佛陀讲经，问听者：我可曾讲了什么？听者若微笑不言，则是悟了道。

"你点亮了灯，我才开始恐惧黑暗"，反其意而用之，如果我心中的这盏灯没有被点亮呢？如果我心中本来就没有这样一盏灯呢？如果我每每面临心灵的苦难时，心中那个理想的天国仅仅是一个虚妄的幻觉呢？

马斯洛的理论中，那个最高级的"自我实现"需求究竟是什么？他本人给出过答案，那就是，当这种需求实现的时候，表现为一种极度愉悦、超然、忘我的高峰体验，甚至无法用语言来描述。这种体验由于过度消耗能量，也就注定了它的短暂无常。所谓"快乐"这个词，我想也是如此，所有真正属于我自己的欢乐都是太快就消逝了的。那么既然如此，那盏灯又何以恒久不灭呢？那个超验的天国又何以值得笃信呢？

我想，事情大概是这样的：在我的生命中，经历过若干次，乃至无数次类似高峰体验的所谓"豁然开朗"的时刻。在这样的时刻到来之前，我会在某种缘故导致的苦闷中彷徨，被各种芜杂碎念所扰；在我苦苦求索时，一瞬间恍然有所彻悟。这时我的心极度平静，杂念全部消失，我从而得以高度专注地面对着我的彻悟的所得；万物的时间和空间秩序消失了，世界上只剩下我的彻悟，我连自己甚至都感觉不到。但很快，我跳出了那个专注的自己，审视自己刚才的所思所想，对这个彻悟重新理解一遍，并将之定位在已经恢复了的万物的时间和空间秩序之中。也就是说，在这个过程中，我将我彻悟的内容与现实相联系，从而将它转化为一个我总结出的观念。而在接下来的生活中，我会一直珍存着这个观念，将它视为我经历一次挫折或痛苦后的经验和财富，并尝试用它指导我的生活。

在经历中积累经验、利用经验而不断进步，这本身是很合理的。但是我是一个自卑的人，于是就会出现所谓"约拿情结"。我的安全感差，所以常常会急切地寻找一个思想上的归宿，但又偏苦于难以寻觅，便格外珍视这每一次的"豁然开朗"。当我意识到我终于寻找到这样的归宿时，我极度激动，以至于自负，或是流下感动的眼泪。于是，那种真正的高度专注时刻，对我来说是很稀少的；而我的观念便泛滥了，并且我要求这些观念能使我长久地依凭下去——因为没有这样的归宿，我难以心安。于是我便常常活在观念之中。

那盏灯是何以不灭的呢？天国是怎样得以永恒的呢？说到底，它们就是这些我不断坚持的观念，这上面寄托着我的各种逃脱狼狈的过往的理想。

被观念支配，我不希望这样的生活。这样的灯，这样的天国，只会在那些零星的"豁然开朗"的时刻倏忽荣光闪耀一下，而对于长久的黑暗则相当陌生。我不愿为了片刻的快意（那已经快远离高峰体验的原初的面貌了），而将剩下的我的生活无声地湮灭下去。因为，所有那些彻悟，都仅仅在它所应该在的那个瞬间才有效；当我离开那个瞬间，却继续用它迁延时日而不作任何实质性的进步的时候，它就成为扁平的观念，事实上永远封存在旧的、业已枯竭的记忆中。就好像一个鲜活的人，长久地麻痹于吸食一个故去的死亡的时间的鬼魂的血，将之当作自己精神的毒品，须臾不能离。当我因为不安和恐惧而寻求观念来控制自己的时候，我反而被自己所限制，对观念亦步亦趋，疲惫不堪。以暴力和无能获得自由，只能沦为自由的奴隶，这是思维的惰性。而永恒的上帝和天国，只能存在于瞬间。

于是，我需要思考。这是个严肃的话题，但太宽泛——因为有时候，思考就是选择放弃思考，发现自加于己身的观念，并放弃之，破除之。思考的力量，在于看清事物的本源，使之各归其所，各自回到原来的瞬间，而真正留给自己的，只有当下。

在南京古鸡鸣寺的一隅，我听到了播放的佛教歌曲。在那短暂的片刻，我听到的仅仅是佛教歌曲，按照正常的速度流淌，清晰而明朗。但接下来当我意识到它，就开始试图赋予它更多的意义，于是看到了旁边摇曳的古树，和树下啁啾觅食的鸽子，我一阵感动——鸽子和树在这一种喜乐中长大。于是我接着想下去，想到了镇江金山寺的大殿背面，赫然挂着"度一切苦厄"五个大字，脑子一阵发热，眼眶一阵发酸。这促使我觉察到，这些多余的情感都是不必要的——只能证明自己的柔弱，就好像《心经》的原意是要救世，而自己就是那在苦海中挣扎而求庇护的愚人一样——佛学是实证的，这样粗浅的理解只会退化"色即是空，空即是色"的二元的统一。我需要回到佛学的原本意义：因缘、聚合、性空，用这样的方式呈现万事万物存在和发展的清晰的源流和脉络，正如佛教歌曲清晰明朗的旋律。这是一种朴素的本质和朴素的自我思考——无所谓什么拯救，只有自度。

我想，如果我做一件事不能做到和没有做一样，那还不如不做；亦如佛法的存存灭灭，不必化成文字，而被世人铭记。归宿亦不必寻找了——我愿永不停歇地思考，流浪。

指导教师：樊后君

我们需要写作

◎高一（3）班 刘之问

这座城市入睡了。稀稀疏疏亮着的几户人家，也渐渐投入了黑夜的怀抱，为崭新的一天做准备。唯有一个小房间灯火通明，房间里有一张木桌，木桌上摆着泰戈尔的《飞鸟集》，其中有一句被荧光笔标记——这位诗人写道："God finds himself by creating.（神在创造中找到他自己。）"木桌上还放着一台电脑，电脑前坐着一个高中生，她抱着脑袋冥思苦想，欲敲下键盘又止。我能感受到她的焦虑，但我大概并不认识她。

许久以前，当她的小伙伴们都在玩耍时，她选择把假期交给了我。她常常会在木桌前坐上一下午，握着一支笔，在笔记本上工工整整地写下一行行文字。

我最喜欢她写给主席那封从未寄出的信："如果我们遭遇了外星人的入侵，人类会团结起来吗？我们还会因为地球上的矛盾而纷争吗？写下这句话时，我并不知道她有没有顾虑，但我从这稚嫩的文笔中感受到了一个孩子的心情：她单纯地渴望着和平。

伏尔泰的笔是他的武器。她，还远远达不到那样的境界，但随着她的成长，她逐渐学会了自由表达自己。她的笔是她会思考的眼睛。她将对世界的观察，无论是花花草草，还是些不成熟的想法，记录给自己，分享给别人。带给他人的小感动与引起的共鸣，会让她觉得自己在做一件有意义的事。

但忽然有一天，她发现自己写不出东西来了。明明凑出了无数字，却都不是她内心的声音。当删除键按下了太多次，她开始恐慌，陷入迷茫，她觉得自己被什么东西囚禁了。他惧怕自己的思想难以打破牢笼。

我，便在一旁望着她，度过一个又一个夜晚。我想赋予她文字的魔力，却很清楚不能这么做。这种魔力需要她自己去探索，对于任何人都同样如此，没有谁与生俱来就能够掌握它。我能看见她期望达到的彼岸，与她将踏上的路，大大小小，重重叠叠，但我无法领着她走。

我不可能认识她，因为只有她才能认识自己。她必须走完一条独特的路，她必须丢掉怯懦，向自己发起挑战，他必须如泰戈尔所说的那样去创造，才能最终找到自己。

她称我为"写作"。我明白她爱我，她需要我。

所以我也没有告诉她，其实是我创造了她的牢笼。

我创造了一个能被她打破的牢笼。但要打破它，靠的不是发泄痛苦，也不是用蛮力往铁笼上撞。正当她撞得遍体鳞伤快要绝望时，她忽然发现了铁门上拴着一把不太起眼的锁。一把待她寻找的钥匙在黑暗中的某个角落对她说，你要去经历失败，去正视失败，再去反思它。

陪伴她度过那些难熬的夜晚时，我除了有些心疼，更多的是为她感到开心。那把钥匙是灵感，它绽放为文字的旋律与节奏，它深植于对生活的深刻体悟。虽然有些磕磕绊绊，但我目睹着她在寻找它，应该为自己承受的痛苦与付出的努力感到幸运。

她渴望这牢笼外的世界。她曾体会过这个世界的一点点美好，所以才要一步步走出牢笼，去感受写作中的无边无际，无拘无束。

一个傍晚，正在敲键盘的她有些累了，便摘录了《芒果街上的小屋》中喜欢的一段话，发了个朋友圈：

You must keep writing. It will keeps you free. （你一定要写下去，那会让你自由。）

爱她，同样也爱我的父亲评论道：

"我们需要灵感，因为我们需要写作；我们需要写作，因为我们需要自由。"

指导教师：吕　佳

劳动的滋味（一）

◎高一（11）班　江与欣

一

　　键盘声，整间办公室里只剩下了我一个人的键盘声。现在是凌晨两点三十七分，黑暗而逼仄的空间中，电脑荧幕发出的光明晃晃地打在我的脸上，把我因长时间熬夜而形成的黑眼圈、粗大的毛孔以及覆满面颊的痘印照得格外清楚。

　　我敲下最后一个字的回车键，把手边已经冷透的速溶咖啡灌了个干净，随后用袖子胡乱抹了一下嘴。伴着文件传输成功的提示音，我已经在办公桌前睡得深沉。

　　我是在主编的责骂声中被唤醒的，伴随着睡眠不足所引发的偏头痛和饮食不规律而带来的一种想呕吐的感觉。他把打印出来的文档摔在我脸上，冲着我破口大骂。我甚至能看到他飞溅的唾沫如战场上的枪林弹雨一般向我袭来，可是一阵阵的耳鸣却让我听不清他的声音。我低头看散落在地上的纸张，那上面印的是我昨晚编辑好的文稿：

"再创新低!某某小花旦新剧评分跌破3.0,评论区一片骂声"。

伴随着一阵眩晕,主编清晰的责骂声涌入我的耳中:"看看你自己写的是什么垃圾,爆点在哪里?前几天我给你的那条某导和某演员共同出入酒吧的消息是给狗了吗?还不是叫隔壁营销号抢先了?干这一行的,就要把白的写成黑的,什么最抓眼球就写什么,什么大众看着劲爆就写什么,多少次了,你写出来的东西毫无价值!你不能写,还有很多人能写!"他指着我,指尖像黑漆漆的枪口正对准了我,对我判处了最后的死刑。

"我们不养闲人,拿着你的工资,可以滚了。"他把钱扔在地上,我看着他的皮鞋从我面前消失,然后强忍着不适,把地上的一摞钱一张张地捡起。

坐回电脑前,娱乐新闻的小窗口不合时宜地弹了出来,这次我没有像往常一样点掉右上角的红叉。

"颜值主播揭晓真面目?通过诈骗已捞万金""自称武术大师直播翻车?榜一打赏火箭游艇,价值万元""郭语课堂开课!看看猕猴桃的最新读法,你交学费了吗?"……

我攥紧了手上的红票子。没错,这是个娱乐至死的时代。但很遗憾的是,我也是在这个时代浪潮中挣扎浮沉、艰难跋涉的赴死者;我也是企图借着这时代浪潮的巨力,以令人不齿的劳动方式牟利的无耻客。

而就在刚刚,我被辞退了。北漂五年,这是我第一次感受到如此的身心俱疲,"为什么如今劳动的投入和收入并不成正比",是我在无数个深夜失眠崩溃时思考了千万遍的问题,可惜至今也没能得到答案。

我闭上眼,思维却进入了另一个时空。耳畔响起嘈杂的声音,其中包含着狂欢般的乐曲声,还有听起来有些让人毛骨悚然的欢呼声。我原来正处在一座荒诞的"游乐场",手中攥着一沓还未分发完的宣传报单。

眼前的一切都在冲击着我的视觉。无数人像猴子一般蹲在马戏团中央,颈部因长时间拴着坚硬的锁链而磨出了鲜血,却毫无知觉地不停地扭动着身体,做出奇怪的动作,惹得观众席频频发笑。时不时还会有金灿灿的东西从观众席被丢入场中,这时,那些"猴子"便会欣喜若狂地奔向那处,迅速捡起地上的东西,随后更加卖力地表演着……越来越多无知的人被吸引,渐渐沦为场下或者席上的一员;天上没有月亮,这里却亮如白昼,前一秒言笑晏晏的少男少女,转眼间毫不犹豫地走入道路旁摆放的火盆,火焰燃烧得更旺盛了,短暂地照亮了大片天空。出乎意料的是那些人却没有化作灰烬,只是再次走出来的时候,眼里失去了光,也失去了选择的权利;望着他们,此时我突然感到手上湿漉漉的,低头一看,握着传单的手上竟然沾满了黏稠的黑色液体,我尖叫着,把传单丢弃了一地……

我的意识开始回笼。

我又开始想家,深夜码字时候的乡愁是最影响我效率的障碍,我会忍不住地怀念童年偷偷溜出家看的无数场戏,怀念戏园前的那棵老树。但是此时此刻，乡愁却促使我做出了一个冲动的决定——当我回过神时，我已经订完了回乡的票。

二

八月柳州的溽暑中，我没有叫到出租车，只能背着旅行包漫步在闷热的风里。一切都变了样，少年时候走过最宽敞的那条车轮一碾过就会扬起灰尘的土路如今已经失去了踪影，只有窄窄的，就像单行的北京胡同一样的小路，横在已经被改造的综合市场中。

我也差点儿没认出来那棵老树，小时候因为零用钱不够买看戏的票，我便会爬上戏园前的那棵树，透过那一方矮矮的围墙免费看一场当时演出便会座无虚席的桂剧，甚至连后台劳动的忙碌景象也能看得一清二楚。现在它实在是太老了，树皮已经龟裂得不成样子，仿佛一碰就能剥离下来似的，我想它的根也一定在我看不到的土地深处慢慢腐烂着。我恐怕真的无法认出这棵树——如果不是我看到了那块数十年未变的，钉在树干上的小黑板的话。

"桂剧：宝珊瑚。上下本每天一本，票价五元，导演：龚瑶珠。"

那些已经泛黄褪色的记忆潮水一般涌入脑海。由于职业本能，我放下旅行包，从中掏出一架相机挂在脖子上，随后鬼使神差地走了进去。

因为坐落在公共厕所旁边，夏天本就闷热的后台更是有一股难以言说的奇怪味道，我看着眼前人影忙乱，似乎没有人注意到我。手旁有一座小电风扇立在桌上转着，因为时间长了而发出嗡嗡的响声，随处挂着的桂剧服饰，桌上散落着和农村棉被同款花纹的化妆铁盒，一面已经有些模糊的镜子，一个随着电风扇而微微晃动的黄色灯泡，甚至连灯罩都没有。

一位年近古稀的老妪站在镜子前，把笨重烦琐的桂剧头饰往头上戴。厚重的演出服也被汗浸透了一大片，因为年纪大了，她的手不再那么灵便，颤颤巍巍地用尽了百般辛苦，才把头后饰品的扣子系上。过程中，还把刚画好的戏妆蹭花了，于是她又扶着桌子坐下来，用手指蘸着铁盒里不知名的化妆品往脸上涂着抹着，我甚至能闻到扑面而来的胭脂味。随后她又小心翼翼地打开了镜子旁边的另一个小铁盒，原来那里面都是装饰用的发簪，只是塑料珍珠上的光泽早已经被磨没了。挑拣了半天，她才别在头发上。镜子里她那温柔而平和的神情，仿佛我能跨过时空看到一位正值豆蔻的少女在梳妆。

还是记忆里面的桂剧团，但好像又不是了。

比起少年时候桂剧团的火热，现在这里只剩下了十几人的民间演职人员。他们负责自己化妆、更衣、排练、演出等工作。第一眼看去，最年轻的演员，也基本年逾花甲。左边净角的戏服坏了，老爷子便坐回椅凳上，翘起二郎腿，拿出针线眯着眼睛自己修补起来，穿针费了点儿劲，但是缝补起来确是格外熟练，随后戴起了自己的长胡子，慢慢捋顺；右边的旦角背后的拉链拉不上了，便有同伴从后面帮她拉上，却因为没控制好手劲而险些绞进她的头发。

我看着他们忙碌而紧张地劳作着，为即将开演的戏剧做着准备工作。

从旁边的小过道走到后台和戏台间的走廊中，能看见墙上满满当当贴着全是写满字的纸，上面写着一些如"明天我去找县太爷，随后到龙王庙烧香，请你去请灵童"之类的台词，部分字句还被红笔仔细圈画标注过。我想我已经猜到了——虽然他们已经演出了很多场次，但还是因为年龄原因记不清台词，这是上场前最后的对词。

果然不错，当距离开演还有二十分钟，我悄悄退出后台走向观众席的时候，听到了基本准备就绪的演员们练习唱腔，互对台词的声音。时间一点点地流逝，距离开演还有十分钟，但演员有些词却还是记不住，那些伙伴们甚至急得有些想发火。

我坐在观众席上，看到周围空荡荡的座位被渐渐入场的观众填补上，但却依然留下了很多空位。来看这场戏的有十余人，还都是上了年纪的老人，他们其中有的是听了几十年的老戏迷。观众席的椅子换了一次又一次，不变的却是老戏迷们认真听戏的身影，甚至也为他们贴上了专属座位的标签。他们或许不太喜欢打牌下棋的活动，所以来这里听听戏、打打盹，这似乎已经成为他们的日常；而我还能看到的，是他们已经浑浊的老眼中，在桂剧开场后放出的光。

配乐也是现场配乐，演奏者不出所料也是清一色的老人，他们穿着和街上老大爷一样的白背心，手边陈旧的饮料瓶放在小凳子上。他们就这样一声不响地或拉着声音有些嘶哑的琴，或敲着表面经过多次修修补补已经发黑的鼓,沉默地劳作着,配合着。

演出开始,一切都很顺利,最担心的忘词情况并没有发生。我看着戏台上的情节纵深延展,戏台上的人早已入戏,他们的一颦一笑,一举一动,都将这一出《宝珊瑚》演绎得淋漓尽致。女主人公柔情似水,一双能使人忘记她本来年龄的含情杏眼暗送秋波,她的情态也恰到好处地还原了深闺女儿的害羞模样;她的唱腔更是婉转洪亮,咬字和音准都把握得百分之百的精确;最让人惊讶的更是她唱念做打的功底,她顶着沉重的头饰在台上完成各个对于她的年龄来说格外困难的动作,屈膝、站起、小步跑……夏天的戏园内的气温比外面还高,活像一个大蒸笼,台下的观众都拿起了蒲扇扇着风,但台上的演员却只能忍受。在不需她上场的间隙里,她在戏台下拿起茶缸抿了几口后,便不住地拿着汗巾擦拭着额头面颊流下的汗,随后担心地照镜子检查妆容,保证万无一失。其他演员也是如此,有的趁场间又去看了一眼墙上的台词,有的又回了后台修补道具,有的便干脆就着这戏曲的扮相走出戏园到街上吆喝两三声,招揽好奇的新客人。总之,目之所及的每一个人都在忙碌着。

…………

我又闭上了眼,眼前还是彻夜狂欢的游乐场,和行尸走肉般的"人"。望着满地的传单,一种极度恐惧的心情瞬间吞没了我的理智,内心深处隐约有声音告诉我:再不逃离就会永远被禁锢在此处!于是我开始发了疯一般地朝外奔去,随着双腿不断地迈开，我感觉到全身无比的疼痛，心脏也仿佛要跳出胸腔一般。

但眼前的景象又因一声响亮的镲声而戛然而止——原来是演出结束了。我准备离场，却看到此时小小的戏台后，有位老人正冲我招着手，见我望向她，她笑得眼角都多出了几道皱纹。

三

"奶奶您好，您刚刚冲我挥手，让我来后台找您。请问您有什么事吗？"我看了看墙上挂的小钟表，下午两点三十七。正是桂剧表演结束后的不久，后台熙熙攘攘的，挤满了正在卸妆换衣服的演员，因为场地太狭小，有些人便去旁边的公厕打水梳洗。而我面前的这位老人也没来得及卸下满面的脂粉，便热络地拉着我的手，随意地坐在了梳妆台前的椅子上。

她的手上都是老茧。

我也终于有了一个机会近距离地观察这几位桂剧演员。坐下后，她冲我像小姑娘一样腼腆地笑着，我夸她的桂剧扮相好看，她告诉我都是她自己琢磨出来的妆。她的妆容并不精致，脸上的脂粉也不均匀，眉粉夸张地画到了太阳穴，从不算流畅的眼线还可以看出她画眼线时有些微微颤抖的手。可是从她的眼睛里，我看到了我，或者说，不只是我。

"其实啊，我想找你，是因为戏园好久没有你这样的年轻人来听戏了，看到你带着相机，我也想趁此宣传宣传。放轻松，就当陪我这个老太婆聊聊天也行的。其实演出前在后台我就注意到你了，本以为你只是走错了或者凑凑热闹满足好奇心，没想到你真的能坐在观众席上听我们唱戏。"

"奶奶，您不知道。我小时候就喜欢听桂剧，这不好不容易回家一趟，又在路边看到了告示牌，怎么能错过呢？"

她一听见"喜欢"两个字，眼神都亮了起来，不住地轻拍我的手："好，好！好孩子，奶奶请你明天再来一天吧，把《宝珊瑚》这部看完哩，不收你票钱也是行的……这个剧本我修改了好久呢——你在哪里工作，是做什么的？"她随后边和我聊边开始卸妆。

想起我曾经那份并不光彩的职业和狼狈的经历，我有些慌乱，只得委婉开口："奶奶，我在北京工作，是做媒体的。"

"北京，那不是大城市嘛，一定赚得不少，孩子真出息！"

我赶忙摆摆手："没有没有。那你们呢？这大热天的……"

她的神色忽然暗淡下来，叹了口气："一场能赚两三百已经是很好的了。"她已经卸完了妆，开始脱下沉重的戏服，被戏服紧紧包裹的脖子和后颈起满了痱子，"现在戏园最困难的就是资金问题了，戏园是租的，每个月的租金要两千块，算上水费电费还有各式各样的支出每个月要交三千多。"

我忽然又想起曾经无数个加班的日日夜夜盘旋在我脑海中的那个问题——劳动的投入和收入为什么总是并不成正比，于我如此，于他们亦然。我抿了抿嘴，开口："那得是多苦的滋味啊。"

"苦啊，大家都苦。我们整个戏班子只有十几个人，经常会有人数不够角色的时候出现……所以一人饰演多角就是常有的事情，就是我们都年纪大了，背词是个大问题。而且这周围不是被改造成综合市场了吗？十几年前周围住的人去世的去世了，要么就是拆迁搬走了，新的街坊邻居投诉了几次戏曲扰民，于是我们的演出时间就被压缩到很短了。春秋还好，只是冬夏。夏天如你所见，每个人排练完都是汗涔涔的，电风扇也不好使！只能用公厕接的冷水梳洗；冬天呢，早上天亮得晚，穿厚衣不方便做动作，穿单衣风一吹都打寒战，有时候天气特别冷，冻得手都没知觉了，也不知道我们老身子骨还能撑多久咧。"

环顾四周，看着老人们卸妆后饱经风霜的脸，就连朴实的笑纹里也藏着几分沧桑。我突然感觉有些酸涩："那，为什么还要继续演下去呢？"

眼前人突然笑了起来，是比春光还要明媚的那种笑容，她突然拔高了音调，夹杂着浓浓的柳州口音，倒是反问起了周围的人："同志们，我们为什么还要继续演下去啊？"

"当然是因为'喜欢'咯！"吵吵嚷嚷的后台突然不约而同地回答道，不同的音色，不同的音调，却用同样的口音说出了同一句话。

"我是从小就跟着戏班子学桂剧出来的……后来考了戏剧学院，去过北京参加过比赛，当时桂剧的《拾玉镯》还得了奖！之后我就一直唱戏唱到现在。苦点儿累点儿没关系，我学戏吃了一辈子的苦，现在年纪大了唱桂剧有点儿苦滋味算得了什么呀！

"我本来是桂剧的听众……因为喜欢听桂剧，所以也想着自己学着唱一唱会怎么样，本来是一个爱好，谁想退休之后倒成了我的第二份工作！听众少点儿、赚得少点儿那都没关系，我觉得能唱桂剧就不苦！

"我穷，最潦倒的时候沦落到只能上街乞讨。是戏园收留了我，于是我开始学桂剧，没承想越学越喜欢，越学越有劲头，而且我也是把这种桂剧文化传播出去的人哪！

"是呀，是呀，只要是'喜欢'，再苦再累也能扛；更何况还有这么多老听众，他们这些年也默默支持着我们，一个人买十几张门票也是常有的事。我们虽然老了，但是我们唱戏，我们劳动，给他们带来的是快乐，给我们自己带来的也是快乐，哪又在乎赚得多赚得少呢！月底缺资金，我们每个人再掏点儿咯！"

欢声笑语顷刻间又充满了后台小小的空间里，我望着他们，嘴唇翕动着，却一句话也说不出来。

四

在那一瞬间，我想到了什么呢？是曾经读过路遥的《早晨从中午开始》中的字句，还是最近走红网络的流行语"热爱可抵千难万险"，我不得而知。

眼前的景物渐渐模糊。

狂奔了许久，游乐场的大门终于浮现在我眼前。我没有回头去望游乐场内那醉生梦死的景象，而是毅然决然地冲了出去。逃离这座游乐场之后，我也没有停下脚步，心里只有"跑吧！跑得越远越好"这一个念头。

于是我来到了一处空旷的广场，此时此刻我的胃里开始翻江倒海，我开始想要呕吐。地上沾满了刚刚从胃里吐出来的，同之前出现在我手上一样的，黑色黏稠液体。我想那应该不是血，但是却散发着刺鼻而浓重的血腥味道。我双手扶着膝盖大口喘着粗气，望着地上黑色的液体，不适感减轻了许多。随后我闭上眼睛平躺在地上。我没有去思考为什么地上的液体会镜面反射清冷的白光进入我的眼中——因为此时此刻在如墨的夜色中，是朗月当空。

已经习惯熬夜通宵的我坐在二十四小时营业的网吧中，对着电脑里打开的空白文档，思考着所谓"劳动"的意义。于是一切又回到了最开始提出的那个问题上，关于投入和收入，也关于这几年我一直充当着一个不快乐的"打工人"的原因。

我的脑子里飞快地闪过几个片段。一切的一切都像雾散后的月亮那般明朗可见了。

——是我把劳动所带来的"收入"想得狭隘了。

在名为"娱乐"的名利场中摸爬滚打了好多年，仿佛眼里能看到的只剩下人性的那点儿肮脏龌龊的、能使人津津乐道的花边，当然除此之外还有钱。有些人的劳动，是出卖灵魂，是在镜头前装疯卖傻，刻意作秀，顷刻之间收入的只是满身铜臭；有些人的劳动，是惶惶度日，是把一天重复三百六十五遍，煎熬地，挣扎着做着违背良心，而又极度厌恶的事情，日复一日收入的只是病痛抑郁；有些人的劳动，是实现价值，是坚持所爱，是即使在遍地没有六便士的路上，依然能迎着月光前行，岁岁年年收入的便是劳动所能带来最美妙的滋味，那是灵魂升华的一种满足和幸福。

  我望向窗外，即使网吧的室内灯火通明，我却依然能看到如练般的月华穿过窗子洒进来，一直洒满了我的身体，像极了从前五年多少个加班赶稿的深夜。

  我在空白文档上敲下第一个字，只是这次我不打算再去写谁的风流韵事以哗众取宠，我打算写一个故事。

  我和我月亮的故事。

指导教师：李荔萍

劳动的滋味（二）

◎高二（1）班　向庭仪

他像个忘记写收件人的包裹一样被退回原地，地铁门关上了，走得也很决绝，他看到车厢里人仰马翻，然后只剩下空荡荡的车道。他在玻璃护栏底端看到自己的倒影，擦得锃亮的皮鞋和身后的长队。玻璃中央广告区域，女明星笑得明丽动人。

等待是件漫长的事，七点四十五分，地铁又带着轰鸣降临。他终于撕开脸上的一层皮，在千钧一发之际头一个大步踏上车厢，只差半步就要踏空。人潮如同液体，填补了车厢的每一个空隙。他忽然忘记了一些事情，因为灵魂好像被卡在两扇门中间合拢的黑色缝隙，像沉入深海一样窒息。每站地铁都有停顿，而他的灵魂偏偏固执起来，怎么也无法移回身体，于是灵魂就带着他一起，站在站台和车厢边缘，被车门张开放过又反复夹住十几回，脸朝向车内，被背后飞奔的黑色冷风激得一阵瑟缩。冬天还没过完呢。

八点二十五分，他终于劈门而出，扶了扶略变形的眼镜。还有五分钟他就要迟到了，因为那趟没挤上去的地铁。不过也难怪，早高峰是会让人一瞬间变成原始人的，他该更早一些的，可也没用了。

八点三十分，他终于刷开了办公室的大门，收获了同事们不约而同的震惊。他忐忑地走回座位，很快被传唤进上司的办公室。他像走进太和殿一样，等待从轻发落。他的上司嘴皮翻飞，唾沫像星星迸裂一样四溅。他想起来同祖父一起种的石榴。石榴颗颗饱满，石榴籽的白和四周晕染，就像星星在粉色星云里绽开，碎成光束。那时微凉的夜里，他和祖父分食一个石榴。在上司大声的吵嚷声中，他的肚子很不合时宜地响起来了。他很庆幸灵魂在车门里夹了又夹，才让他半分都听不进去上司带着怒意的话。

昏昏沉沉走回工位，打开电脑，又开始整理数据和文件。这些时候的时间都不再重要，跑得比感知得更快，让人忽略细节的变化。天气甚佳，他没停下手头工作也隐约看到了天空中的云，眼角余光敛了云入眼，生活也像云一样反复回转，让人没有转圜余地。有时他觉得，工作、劳动，日复一日，来不及好好生活，整理琐碎。而工作又让人感觉，就算把灵魂寄放在某朵不厚不薄的云上，好像也没有什么差别，然后他以灵魂视角躲在云堆里，他会看到无数个和他很类似的人，与电脑键盘形影不离，像弹奏曲子一样行云流水。他只负责趴在云朵里，渐渐蓬松，变得像糖霜一样花白，最终成为云的一部分。

很多时候他感受到自己正在活着，像这些打字又重复的动作，每一个都有意义。"活着"的感受类似于感受生命的存在，生命支撑、驱动他从环山村庄一步一步踏出，进入两侧白桦密布的校园，最终站在这座高大的大厦前，踏风而至，又被大雨浇灌，在无尽幻想和二十多岁的勇往直前中终于选择沉寂，然后他以字符和表格的形式呈现在这方小天地里。那么，生命是平衡，生命让人劳动来创造新的价值，而独独省略了关于劳动的感知。生命将感知的使命交给人，让人触摸它、感受它，最终成为它，因而使劳动有独特意义，让人清晰感知"生活"。无论庞大或琐屑，一切快乐和钝痛。

此时此刻，很多此刻，他坐在同一个位置，大厦的光影像波纹一样暗涌，桌上的绿植四季不凋，没人想念春夏秋冬，没人在乎夏雨冬霜，一切都浓缩在豆腐块工位上，连冗长的梅雨季都是。"劳动"成为一种符号，指代他目前的生命，他在正常运转，一刻不停地劳动着。然而他每分每秒都思考劳动的意义是什么，为什么他坐在这里，为什么没法停下来。他好像成为小王子，在经过的星球之间来回跳跃，唯独浇灌一朵玫瑰，日复一日、年复一年，只认这一朵。他也说不清是玫瑰赋予浇灌意义，还是因为浇灌才让玫瑰有意义。玫瑰是他的目的吗？"浇灌"的动作是意义吗？玫瑰并非最独特的存在。

这些重复的工作终于暂时停歇，他拎起包在大街上游荡，看到树干枯的枝丫上长出很多层云，一缕一缕笼住头顶的灰白天空。他又想起了一些背影，陈旧模糊而柔光的，他的童年。他的祖辈靠做木匠起家，那时他每一天都看到祖父宽厚的背脊，手拿锯子，手臂前后移动切割木材，制作柜子桌子，那些木板让他很向往，每一块好像都带着船的形状。他想用它们造一只船，靠自己的劳动，然后带着船走出这里，坐在船上，和祖父看一场海上的日落。那时太阳便不是被四周环绕的群山吞噬了,而是被一望无际的海平面消化,然后余晖浮动在海面上,风浪再卷起几扇浪花的青窗。这些都是他认真劳动的成果。于是他带着这些想象,拿着祖父给他的木刨花度过了许多日子,木刨花们带着工具的铁锈味道,让人想起来幻想中的海。于是他也尝试拿起锯子和木锉,度量长短,和祖父一起切割。这是他对劳动的初次实践,稚拙却真诚地完成这些工作,和祖父一起坐在门槛上捧着碗吃饭,树林荫翳遮盖黄昏的光线,辛劳也开心,好像一瞬间有一双无形的手,把他们推到离海很近很近的地方。他此刻想起那时劳动过后,用手轻轻抚摸木头细腻又有些粗糙的质感,闻到每一寸阳光都飘浮着灰尘和木屑的味道。他在村庄的北坡上久立,看到田埂上劳作的人,腰弯成弓形,就像木刨花的一卷,在阳光和风中飞速颤动,最终成为土地,扎根在土地最深处。那时的生活不被横向纵向切割,走一分有一分的踏实,每一块木头都注入匠心,精确测量拼接。海水和木纹糅合起来,儿时幻想在实现之前,钟表的指针先在人的脸上刻下皱纹,然后是亘古的雪落在头顶。祖父原本宽厚挺拔的脊背像木刨花一样卷起,变得矮小起来,那些一起劳动的时光也一同被埋葬在土堆之下。他亲手种下柳树,让木香再陪伴祖父几个世纪,然后他再度踏出山去,踏入同一时空的不同维度。

  他选择了不好不坏的专业,进了不好不坏的单位,但也再没拥有阳光下尘埃的快乐。每一天的地铁人潮、锃亮皮鞋、变形眼镜,不必分清春夏秋冬,在特殊时刻想念木刨花的海浪波纹。劳动是像造海一样的。

黑夜到来之前他停止游荡，终于回家。生活总归要过下去的。年关将近，今年他一个人在租的房子里过年。疲累的生活暂时停止，他决定自己好好过一个年，这也是离开祖父的第一年，也只有他自己了。曾经和祖父一起过年的时候，割肉买菜，扫地洗衣，祖父教他把一切事情做得妥帖，再在市集上扯了红纸亲笔写对联。对联一贴，春天马上就迎进门了，在熟悉的尘土味道和木香中，春天从树顶跌落，新的一年又开始了，于是归整一切，开始新的劳动。接下来用一年的辛勤，换取生存的本金，然后再用劳动过好自己的生活。有些时候他在想，是从什么时候开始丢失这种通过劳动努力生活的心情的呢？大概是在这些营生的劳动让自己麻木又不堪的时候，只顾努力走一些小径，未顾及身边的一切景色。可生活本身，就是由劳动构成的。劳动不只是为了营生，同时也是一种生活方式。很小的时候祖父和他说，劳动会让人充盈。无论做什么都要脚踏实地尽全力去做，做木家具就不能出差错，生活就要过好，劳动是生活中必不可少的东西，通过劳动过好生活才是生活充实感的本源。

　　他从贴了红色窗花的玻璃向外望，一切都安静又不完全静默地凝视他。无数的大小人家，夜里将有无数的圆满。那么孑然一身也是一个人的圆满。他挽起袖子，准备清扫整个屋子，从卧室到客厅，扫除一切余灰，扫除一切虚无和穷尽，扫除过去一年的拥挤和喧闹，扫除这一年来关于劳动的尘世随想。他感觉灵魂好像脱去了包裹的负累，他轻轻用手托起这一小团，抖一抖细灰，再轻抚积压的隐痛。此时他灵魂的自重大概很难测量。原本的灵魂好像压了一座如同月亮一样沉重的山，一瞬间碎裂成月亮薄片，像白色气球一样轻飘飘落下，他将它们一并扫走，扫进另一座远隔万里的秋山，存进时间的罅隙之中。他将簸箕一抖，一切都随之进入垃圾桶底端，发出一声轻响。

那些被细细收藏又品味的日子终将流向褪色的河流。他决定就从当下开始，用劳动作为生活的主基调，过好自己的生活，做好每一份工作，让每一个尽力的日子都有意义，慢慢发掘劳动的滋味。劳动大概便是在人生的轮回中寻找永恒意义的过程。

七点整，他又站在地铁门前，等待下一列列车。列车随着光束照射到来，载着人们到达劳动的彼岸。各人有各人的梦和现实，或许庸碌，但内心充盈。

指导教师：洪学佳

劳动的滋味（三）

◎高二（10）班 戴 濛

负着锄头，循着阡陌，穿梭于农舍田亩间。日复一日的原始劳动中，我和伙伴已找寻回了劳动的滋味，有幸在荒芜的紫星上立下了新文明的根基。

几十年过去了，我仍时不时抬头遥望天穹尽头那颗蔚蓝色的星球，并为留在母星上的人类们默默祈祷。我并不奢求那里的人类文明一夜复兴，只是希望更多人能读懂我们的故事，企盼更多人可以爬出安逸的陷阱，并在劳动那亲切而特别的苦与乐中慢慢清醒回来，在心中找回人类诞生之初的那片荒原，重启那劳绩而诗意的栖居。

近百年前，人类的生活开始完全受人工智能服务，科技赋予的完全自主智能使得它们占据了生产、服务与生活的各个领域。农业全部机械化，全自主的工厂不再需要任何一名工人，城市中的警察、司机、服务人员纷纷下岗，办公室中的职员们也无须再工作。人工智能已经具备了自我进化和发展的能力，并且有了近似于人类的意识与审美，为人类提供基本服务之外，它们还可以自我研发更先进的技术，甚至有能力进行艺术创作。如此，人类不仅无须再受体力上的操劳，甚至连思考的力气也不用再花费了。

和一切地球居民一样，过去的我也是整日麻木地享受这所谓天堂般的安逸快活：蜂巢状的高楼被密密麻麻地分隔为无数小房间，我瘫倒在舒适椅上，不要求多大的活动范围，只是想盯着蓝幽幽的智能屏幕，大口吸食机器人端到嘴边的保健饮料，一边陶醉于机器的按摩，一边大快朵颐各种电视节目，不假思索地哈哈大笑。我还从没想过外面的世界是什么样的，更没有付出或奉献的概念。因为同大家一样，我正是出生在这样的享乐宫殿中，所有人，以及所有机器人，都说我们是无须吃苦的幸福一代，我便模糊地认同了这种说法，意识到有很多事是我无须操心的，也就长久地将这一切视作理所当然。

那时人们很懒惰，没有人情愿费力气走出自己的"蜂房"，便大多选择通过屏幕，坐着或躺着来了解所谓的世界。然而多亏这狭小的窗口，使我隐约了解到了我们高楼之下的这片土地迈过的岁月，使我不至于在人类自己布下的陷阱中浑浑噩噩一辈子。我不知道稻麦是怎样的一种香，但那一句句"昼出耘田夜绩麻，村庄儿女各当家"或是"稻花香里说丰年，听取蛙声一片"的古代诗谣，以及一幅幅像《拾穗者》与《播种者》这样静谧的古画，仿佛是唤醒了我沉睡的血脉的一隅，带来一种未曾体验过的迷幻的亲切神往。我又看到未曾失传的名画《愚公移山》中刻画的群像——高挥的手臂、触目惊心的肌肉、饱绽的青筋，身后仿佛有巨浪裹挟泥沙咆哮翻涌，眼神里有我读不懂的坚毅、虔诚与幸福。从此，我脑中常会浮现如此的劳动场面，便隐隐开始为自己包裹浑身的脂肪而害臊，对我白嫩且无力的双手感到愧疚，却同时迷上了想象中那种古老遥远却亲切幸福的劳动感受。

真正做出改变，是在一个晚上，我的蜂房突然停电。刹那间黯淡下去的屏幕上，映出了我自己的痴滞的肥脸。机器人们停止了运转，饮料瓶捡到一半便掉了下来，满地乱滚。满屋死寂中，凭借从屏幕中获得的少得可怜的知识，我眼前浮现出我们的祖先——降生于荒野，彼此依靠结成家族，以磨利的木石向弱肉强食的自然发起最初的挑战；似乎那掷出的骨棒还没落地，大地上就长出了斑驳的农田，人类依靠耕织在天地间扎下了根；农田之上不久又堆砌起了一块块砖瓦，眼看茅舍石屋瞬息便成长为哥特式尖顶教堂，眼看雕栏楼阁倏忽变平地，又眼看平地起高楼，一座座大厦擎天，一架架火箭升空……人类祖先始终劳动着，才在地球上刻下了伟大的文明足迹。这辉煌背后所有的人仿佛一齐被呈现，无论是思考着，欢笑着，哭泣着，还是流着汗，或是淌着血，我都看到了一种朴厚纯净与光荣伟大，以及一种苦痛背后的满足和幸福。

我越发不敢正视镜像中的自己，过去那些隐约的自责爆发了——我终于真正意识到了自己的丑陋，过去的十几年，没有付出，没有创造，只有一味地像蝗虫一般大肆咀嚼食品，浸泡在安逸的麻药里面，可耻地消耗资源，啃食着人类文明的余晖。我开始质疑我的生活，质疑我自己，质疑如今的世界。蜂房里的一切灯光都黯淡下去，我终于有机会看窗外了——原来我就住在一层。

电动门被锁死，而我逃脱这里的冲动愈发强烈。我掏出救生锤，笨拙地向玻璃窗砸去——一下，两下……玻璃雪花似的碎裂，我跳了出去。

这是我第一次外出，我惊奇地仰望头顶一座座摩天大楼上悬浮的巨大全息投影，再低一点是一层云雾般的霓虹灯闪烁；夜雨刺破华美却惨淡的光晕，掉落在狭窄的街巷中；嗡嗡低响的扫地机器人们分散在路旁，黑影似的机器警察无声矗立在每个湿漉漉的街角。

每条巷尾总有几个干瘦的黑影蜷缩着，我才明白如今"完美"生活容不下无家可归的人们，他们无法与机器竞争，他们的劳动无法获得报酬，只好游荡在蜂房外自生自灭。我又想起了过去，那个可以自由劳动的年代，那个可以通过自己的奋斗来创造价值的时代。而今上哪里找寻劳动的滋味呢？

正迷茫间，头顶的高楼的荧幕上又开始播放那个经典视频，那是一个记录历史时刻的宣传片，不知道已经播放了多少年。视频记录了人类敲完最后一行代码的影像，宣告人工智能完全自主的诞生，并与人类数万年劳动的历史正式告别，完成人类与人工智能的交棒，人类真正开启"颐养天年"的理想生活模式。影像中，全球的人欢呼雀跃，相互拥抱，现在看来却渗透着浓黑的悲凉——我们自以为是地认为人类可以一劳永逸，殊不知这"劳"才是可靠而永恒的，而"逸"却恰是人类文明的安乐死药物啊！起初，人类发现科技之妙，不过意在帮助自己更高效地劳动，获得更充实的生活；然而，人类却一步一步惯坏了自己，我们拼命建设和研究，不再是为了更好地劳作，反而是为了摆脱劳苦；我们创造了人工智能，反倒成为它们的宠物。劳动，由一种可以使人收获物质成果和精神丰盈的方法甚至目的，变异成了一种任务，甚至是煎熬折磨。正因人类终于看到了通向安逸的所谓捷径，劳动的目的才成为获得享乐的资本。如此，劳动的朴厚本质被功利的外壳掩藏，劳动的清澈初衷被闲逸的诱惑玷污，致使人类忘记付出与奉献，掉入自掘的堕落深渊。我所处的时代是该叫"人类文明"，还是该改称"机器文明"呢？

路边一个小小的扫地机器人慢慢划入我的视野，它低着头，双手握紧长柄刷子，一丝不苟地默默清理着路砖的每一个缝隙。路边的墙上印着"人工智能为您服务"的标语，机器人不时发出幸福的嗡鸣。我多想享受这种为了一件工作而全神贯注的滋味！也许是出于嫉妒，更是出于渴望或愤怒，我跑上前去，粗鲁地抢下它手中的刷子，准备清理那可恶的标语，作为我的首次劳作。机器人惊慌地大声地向我广播："请放下工具。您不需要工作，请您休息。您不需要工作，请您休息……"

机器人一遍遍地广播，我慢慢靠近那面墙。那刷子有魔力一般，使我的手攥得越来越紧。我挥舞着它，冲向标语，偏执而稚拙地洗刷着那几个令我耻辱的大字，眼看墨迹变得黑压压一片模糊不清，随即又被雨水冲淡，留下一面空墙。我的心脏为这前所未有的成就和幸福而兴奋地震颤起来。这是劳动的魔力吗？

"您不需要工作，请您休息……"机器人继续逼近过来，伸出机械手臂想要夺走刷子。

不需要工作？人类不需要工作？只有劳动才能使文明经受岁月的考验！快停止这表面的溺爱，别再把人类拖向深渊了！心中郁结的憋闷、悲愤与渴望一齐爆发，我跨步上前，按下了机器人强制关机的按钮。

"嘀——嘀——"街角的警笛尖锐地响起，机器警察们监控到了我毁坏标语并故意关停公共机器人，纷纷拥过来。我缺乏锻炼的双腿根本无法奔跑，我也不想逃跑，便瞬间被包围……

后来，我接受了人工智能的审问，我毫不掩饰真实想法，我说我不要现在的时代，我不要人工智能为我们服务一切，我想劳动，不只是为了生计，更是为了热爱，为了我的价值，为了人类的尊严。我被最终断定为具有严重反社会人格的危险人物，并被判永远放逐到紫星。

其实，这正如我所愿。

然后，就是现在的我了。我如今的皮肤黝黑，体格蜕变得精壮健康，最重要的是，通过劳动，我成为真正的人类。在紫星的几十年里，我逐渐学会以自己的双手替代先前机器无微不至的服务，我和同样被流放至此的同伴们终于得到机会，效仿过去勤劳智慧的人类，在一片荒原上，从零开始建立新的文明。

紫星所在星系的阳光远比地球上毒辣，日光下，紫色的土壤蒸腾出翻滚的水汽，稻田浅浅的，碧波闪着金光。我们佝偻着背，高挽裤脚，用稻草筐装满秧苗，好似装满了快乐。俯身插秧，秧苗在紫星的独特的大气中呈现出滴滴火红，婀娜地在水田中舞动，仿佛迎接着未来。

我们已深谙劳动的滋味——充满劳绩，但诗意地栖居于大地。这才是人类该坚守的尊严啊！

指导教师：袁金楠

劳动的滋味（四）

◎高二（7）班　董良瀚

劳动，即为创造、开拓，是智慧与勤劳的结晶。劳动中既有苦楚，又有回甘，苦尽甘来，方为劳动本味。

劳动之味，苦于春种，甘于秋收。于农业而言，劳动并非"春种一粒粟，秋收万颗子"般易如反掌，天时地利人和缺一不可。贾思勰《齐民要术》中写道："凡九谷有忌日，种之不避其忌，则多伤败。"此应天时；徐光启《农政全书》中《井田考》一卷提倡因地制宜，此顺地利；民耕之以犁，撒之以种，以水溉之，以肥养之，此通人和。试想这样的劳作积年累月，怎能说不苦呢？待到秋来，看麦浪翻涌，硕果压枝，一把抓来，一镰刀划去，便是一缕清香，一抹甘甜。有人将这田间的劳作比作品茶，轻抿一口，酝酿半年，再浓郁的苦涩也会化为清甜，甘之如饴。

劳动之味，苦在求生之时，甘在谋福之日。最早的诗篇没有歌颂幸福的民生，安定的社会，开明的朝政。"断竹，续竹，飞土，逐肉。"这何尝不是一幅栩栩如生的狩猎谋生图呢？过去的我们为求生而劳动，折竹为矢，拾砾作刃，用双脚丈量整片神州大地，用双手搭起一个又一个用于生存的窠巢。如今，政通人和，国泰民安，我们的眼中不再只有生存，更多的是向往，是渴求，是对美好未来的期盼与憧憬。这并不意味着我们忘却了茹毛饮血时的苦楚——苦难始终存在，但当我们拥有值得为之吃苦耐劳的目标时，苦涩便化为了甘甜。如今越来越多的人向往着一份高薪的工作，他们去华为、阿里应聘，即使体验"九九六'福报'"也在所不辞。他们会抱怨，会后悔，但更多的是投入，是甘心的劳动，甘甜的回报。

劳动之味，更是苦于筋骨，甘于心神。人生短短七十余载，若没有为国家，为社会，为自己做出贡献，只是终日享乐，不思进取，于国于民，实非长久之计。一来无趣，二来无能。遥看千古，鬼谷子"囊括经世道，遗身在白云"，虽归隐山林，可他"岂徒山木寿，空与麋鹿群"，终日韬光养晦，读书劳作；陶渊明弃官归隐，绝非在他那"方宅十余亩，草屋八九间"中无所事事，蹉跎度日，时而采菊，时而酿酒，时而扫一扫屋内陈杂，时而耕一耕他那几亩薄田；苏东坡被贬黄州，任一"闲官"，但他绝非闲官般游手好闲。每每邻居问他要往何处去，他便答"东坡"，原来是要去东坡耕作。"苏东坡"这一名号便由此而来。倘若问他们这样的劳作苦不苦，他们一定异口同声，面不改色地答道："苦。"随后却是眉开眼笑，绣口一吐，便是一曲名篇。长辈常说："劳动最能磨人性子。"磨着磨着，便成了这样乐于劳动，歌颂劳动的人了。倘若用一天的劳作，换来一夜的美梦，一生的灵感，我愿用一世的耕耘，换这无悔的一生，甜美的一生。

劳动的滋味是苦涩的，也是甘甜的。正如人生本是劳累的，却又是精彩的，否则便是碌碌无为。千百年来，我们梦于夜，舞于朝，周而复始，生生不息。是劳动给予我们存在的意义，是时间给予我们回味劳动的机会，是机遇与财富成为我们积极劳动的筹码，是疲惫与烦躁成为我们暂停劳动的缘由。我们每个人无不是这来回倒转的时间沙漏中的一粒尘埃，在苦涩与甘甜中穿梭，回味。终有一天，我们会从这沙漏里逃逸，随风而去。风往尘香，氤氲的是毕生劳动的滋味。无论苦涩，还是甘甜，有味道，便有意义，有价值。

指导教师：宋　琳

劳动的滋味（五）

◎高一（12）班　唐楚乔

"阿爸运货忙，阿妈卧在床，囡囡挎个篮子闯街坊……"

锁锁兜着花头巾，挎着竹菜篮，两个小辫子一蹦一跳的。老老的古城映着她小小的影子。

锁锁还小，但她比谁都懂劳动的滋味。

全家几口人可都还等着她喂呢。她要踮脚去够和她差不多高的灶台，去提比她还沉的水。锁锁总是和太阳起得一般早，今天甚至快赶在太阳前面了。她走着，跳着，篮子一晃一晃的。小篮子还空空的，却已被她的期待装得沉甸甸的——今天是阿妈生日，锁锁要用考年级第一奖励的一张肉票，给阿妈买块排骨，炖一锅莲藕排骨汤！

"大娘！""锁锁来得早哇！""嗯，我来……买排骨！"锁锁把肉票攥得更紧了。"争气的娃，你那肉票留着过年吧。今天你家阿妈过生，大娘送你一张票，给你砍一块最好的排骨！""好哇——谢谢大娘！""其他还是老三样？""嗯！四块香干，三斤油菜，两斤藕——一共加起来八毛九！""乖乖，聪明娃子可算得真快！"

荆州的早市已经苏醒了，街边的商铺叮叮当当地开门了。锁锁却一点儿也没有被铺子里花花绿绿的头绳头花拖住脚步。谢了大娘，她便把装了宝贝的小篮子紧紧抱在怀里，顺着来时的脚印往回跑。她要赶紧回家，劈柴、生炉子，早点儿把排骨炖上，炖烂一点儿，阿妈和小弟爱吃……

别看现在家里吃不起几顿肉，锁锁长大后可要让阿妈阿爸和小弟每一顿都能吃上大排骨！她要好好学习，考上个好大学，当一名会计员。锁锁可自信了——她那漂亮试卷上的一个个红勾勾可让同伴们巴巴地馋呢！

可锁锁中学还没念完，"上山下乡"的口号就喊起来了。她倒也不恼，一到四方桥，锁锁从小烧火做饭练出来的灵巧劲儿便大放异彩了。知青点的床铺属她的最标致，全队平的地属她的最齐整，全队插的秧属她的最精神……

一轮鸭蛋似的烈火太阳炙烤着大地，把几十个白白净净的姑娘晒得直冒烟。插秧没插一会儿，同伴们就感觉干不动了。可锁锁却一点儿都没松劲儿。她完全没意识到自己被晒得又黑又红的脸和被泡得通红的腿，只是把腰弯得柳叶似的，耐心又麻利地给一棵棵稻秧"安家"。一想到全队下个年头几个月的口粮就靠这，一想到这可爱的嫩叶将变成香喷喷的白米饭，她就恨不得把全队姐妹们的活儿都干了，哪还会觉得累呢！

"锁锁，锁锁，壮如牛，连插一排秧苗不抬头！""下了台"的同伴们快活地唱起来，插着秧的同伴们附和着，也干得更起劲儿了。红日下，光秃秃的水田一点儿一点儿被绿油油的稻秧换上新装，衬出一张张红扑扑的青春的面庞。好一幅生机盎然的农耕图!

在乡下插了两年的队,锁锁便带着一颗褪去稚气的心,回到城里来了。她与同龄女孩子一样,被分配到纺织厂工作。纺织机器不分昼夜地轰鸣着,单调的劳动片刻不停。可锁锁一点儿都不嫌累。她喜欢纱线像一条函数曲线般变化的过程。再说了,纺纱就是在纺织自己的梦想啊。业绩好的话,有机会成为纺织厂的会计员嘞!这么多年来,无论是繁重的农活儿还是机械的工作,都丝毫没使她忘记自己儿时的梦想。

你说巧不巧,会计的职位将将好空出来了,好多人都盯着呢。锁锁明白,这是一次不可多得的机会;锁锁也明白,在白天实习,就意味着在夜里上班。于是,在接下来的无数个夜晚,在织布机的轰鸣声和纱线的簌簌声中,总有个瘦小而坚挺的身影在拼命劳作,就着白水啃馒头,借着椅子当枕头……

于是,纺织厂的这位新会计出了名。账本一抱上来,锁锁的眼珠子滴溜溜一转,就报出了数字。怪不得车间里的姐妹都管她叫"读过书的王熙凤"!

随着纺织厂年利润的红线噌噌噌地上升,改革开放的春风也吹遍了锁锁身边的每一处,吹开了新中国一片片进步的花林,也吹暖了锁锁的小家。小弟成为家里第一个大学生,每年可以多吃好几顿肉了,家里摆上电视了……锁锁年少的种种奢望,正随着劳动,随着奋斗,与新中国的富强之梦一起,一点儿一点儿变为现实。

锁锁深深地感受到了劳动的力量——真是个"敢教日月换新天"哪!她还要继续劳动下去,奋斗下去,为自己,为他人，为社会，为国家，发光发热……

现在，岁月熬白了锁锁的头发，压弯了锁锁的腰。家庭再一次变成了她的耕地，扫帚和拖把变成了她的锄头和镰刀。她用纺织过纱线的巧手织出小孙女的毛衣，用算过账的脑子帮小孙女解数学题……

"婆婆，你一天到晚没歇过呀，劳动的味道有那么甜的吗……"

锁锁的手第一次停了下来。

劳动终归是甜的啊。

甜在买菜归来后阿妈欣慰的笑颜里，甜在荷锄归去时一片欣欣的绿意里，甜在账本翻开纱厂飞升的经济曲线里，甜在新衣初试小孙女欢喜的眉眼里，甜在目之所及新时代日新月异的变化里……

良久，她冲着小孙女莞尔一笑，仿佛在对五十年前的自己微笑。

"是甜的嘞……哎！小囡囡别踩那儿，刚拖过的哩……"

于是锁锁又开始劳动了。

这就是我的外婆，我那劳动了一辈子的外婆。

指导教师：樊后君

劳动的滋味（六）

◎高一（9）班　孙千翔

她是个女娃，是家里的老大。

她出生在一个很小很小的县城里。县里的路，都是坑坑洼洼的土路，风一过，就吹起漫天的黄沙。她被裹在黄沙里长大，啃着馍馍、喝着米汤长大。呼吸着带沙子的空气，她的喉咙总泛着血腥味；馍馍是糙米面的，咽下去时，拉得嗓子生疼。她的嗓子像被磨坏了一般，说话粗哑难听，她便不常开口。外人打趣地叫她"哑巴"，母亲唤她"丫丫"。

她不喜欢被叫"哑巴"，于是连带着讨厌起了风中的沙子、干硬的馍馍，都是因为它们把嗓子弄坏了，她才不敢说话。其实，她也不喜欢"丫丫"，听上去好像也在嘲讽她的哑。但因为那是母亲叫的，她便也原谅了。是的，她也有喜欢的东西：温柔的娘亲，黏稠的米汤，和爸爸。

娘有一头很黑很亮的发，和一双很巧很巧的手。娘的头发直垂到屁股，就算穿着大衣，辫子尖也会探出来；娘的手会干各种各样的活儿，最让她喜欢的，要数编辫子，编娘的长辫子，编她的小辫子。编好了辫子，去坐在爸爸的肩上"骑大马"，爸爸一跑，她就会忘记遮掩自己难听的声音，放肆地叫出来、笑出来。这时候的她，就是世界上最幸福的人。

不过这种幸福不常有，因为爸爸不常在家。娘说，她的爸爸是去建设了，建设祖国，建设边疆。她不是很懂。但这次爸爸要去"建设"时，娘的肚子已经大了，她说里面揣着一个娃娃，是她的弟弟，或是妹妹。爹走了，娘去把辫子剪了，说打理起来太麻烦，不如拿去换钱。可她的眼分明是红的。她心里忽然就有些恨，恨爹的"建设"，恨娘肚子里的娃娃，恨那大衣的底下，再找不到的辫子梢。这条消失的辫子，仿佛也带走了她的一些东西。

妹妹出生了，生在寒冬。很瘦很小，娘说不好养活。她有了新厌恶的东西：这个妹妹，和水管子。妹妹怎么这么能拉尿呢？一天要换好多的尿布。娘要照顾妹妹，她就要洗尿布。一条条、一条条，水冰得刺骨。不仅有尿布，还有一些要浆洗的衣物。手在水里冻得久了，便没了知觉。十个指头红肿着，像是十根胡萝卜。含一根在嘴里头，就像吮着根冰棒一样，指头上酥酥麻麻的，像是有好多只蚂蚁爬过。等再过一会儿恢复知觉，就是钻心地疼了。疼得厉害了，她就开始想娘，想娘以前洗衣服的时候，水是不是也这样凉呢？那时娘还是笑着的呢？她头上冒的汗，是劳动出的，是累出的，还是疼出的呢？

这样想着，她实在是无法怨娘。她的妹妹像个恶魔一样，不仅哭闹，还总生病，把娘折腾得心力交瘁，她实在想帮娘分担一点儿。只是要洗的东西太多了，她人小，洗得又慢，有时盆子被占满了，她就把小件的接着水管洗。可水管为什么这么高呢？冰水顺着胳膊灌进袖筒，衣服就粘在了胳膊上，钻心地凉，冰得她打哆嗦。十指上也一突一突地疼，僵直着拿不住东西。她终于忍不住哭了起来，起先是很小声的，可越来越压不住，最终就放声大哭起来，像是要哭尽她的委屈和苦难。

娘闻声赶了过来，她立马扑进娘的怀里："娘，我好累，我不想干活儿了！"她的娘抹掉她的眼泪，又摸到她的手，猛地抽出来拿到眼前看。娘紧紧捧着她的手，泪就落在了上面，又轻轻吻着她的指头。她很想动一动手指，可是动不了。娘搂住了她的身子，流着泪说："大丫，是娘对不住你，我疏忽了你啊！你才这么小……你放心，二丫头现在大点儿了，这些活儿娘都能干，你就好好上学，啊！大丫……你永远是娘的大丫啊！"娘的话就像是良药，一下抚平了她的委屈。她在娘的怀里安静了下来，把娘抱得更紧了。

有了妹妹之后，娘管她叫"大丫"，她现在有些喜欢这个名字了。她小小的肩上好像多了份责任，就像娘对她一样。她于是感觉自己是个大人啦，她就昂起脸和娘说："干活儿苦，我帮娘干，娘少受点儿苦！"娘好笑地抹着她脸上未干的泪，像个小花猫样的，本是要笑的，鼻子却又酸了，模糊着泪笑说："娘不苦，有你们在，干啥都不苦。好大丫……你还是孩子呢，不能这么干，将来老了，手就废了。听娘的话，啊！"她们娘俩抱得更紧了。她点点头，又把头埋下去，暗暗想到：娘为了我们，我也为了娘！

她于是自觉地帮着照顾妹妹，使娘不至于一刻不得闲。她已经不讨厌妹妹了，她可是姐姐呢！照顾小孩儿是个很疲累的事,这个小恶魔总是烦扰着:一会儿哭,一会儿闹;一会儿拉,一会儿尿……但妹妹带来的欢欣却胜过了疲惫:她看着妹妹第一次翻身,第一次独坐,第一次往前爬……她还乐此不疲地教妹妹说话,甚至治好了自己的哑。等到妹妹会叫"爸爸"了,爸爸就回来了。

她的心里还是有些怨的,怨他一走了之,什么忙也帮不上。父亲回来时,她没有喊人。娘就杵她:"这是你爹,快叫爹啊!"她才喊出一声:"爹。"她爹就笑说,出去太久了,姑娘都不认了,娘也笑,她便把想说的话咽了下去。

可在她看到爹用笨拙的姿势抱起妹妹,差点儿把妹妹磕着柜子后,还是忍不住冲过去,把妹妹抢过来,而后恼怒地问:"爹,你这么长时间干什么去了?娘生了妹妹你也不在,你还差点儿把她磕着了!"爹讪讪地放下了抱孩子的手,似乎想说点儿什么。他看着长女质问的眼神,最终只是说:"大丫真是长大了。爹倒想给你讲故事,不知道你还爱不爱听。"

他说啊,是在新疆吐鲁番,那儿的葡萄有玛瑙珠子那么大,像糖水一样甜;天气热得像在火炉里,正午的时候打个鸡蛋在地上,一会儿就熟了;人生第一次尝了马奶酒,吃了烤全羊,很香!她听着,像是看到了崭新的世界,不禁入了迷,可还是不忘问:"你去那儿到底是干什么呢?"

她爹就又笑了,好像望向了很远的地方:"可是这些只是少数。那里大部分是荒漠,环境恶劣得很!但是地底下,却尽是石油,是宝藏啊!我就是去挖宝喽!"她问:"宝呢?"爹说:"留在那儿啦!"她有些生气,便不吭声了。爹像是想说什么，最终只摸了摸她的头。

不过爹回来以后，又带她"骑大马"，还发明了"转红圈圈"，她就姑且原谅了爹。后来爹还和她一起教妹妹说话，闹了不少笑话，惹得娘的笑也多了。她便觉得自己活在蜜罐一般，对爹的怨一点儿不剩，反倒舍不得了。可惜爹又要走了，她虽强忍着，可泪珠还是一串串落下来："爹，别去挖宝了，成不成？"娘的脸上本带着淡淡的伤感，竟被她逗笑了，爹也笑了。爹抚了抚她的脸，说："乖娃，爹不挖宝，国家就落下了，你以后得饿肚子了。"她说："可娘也没去，为啥你去？"爹又笑了："你娘做的其实和我一样的，只是爹跑得远。你在家读书、帮娘干的那些活儿，也是一样的。干得好了，你就是咱家最大的宝！"大家都咯咯地笑了，她和父亲的大拇指用力对了对，好像一下有了好大的目标，甜滋滋地送父亲走了。

爹走了刚大半年，就有单位里的人来报信，说爹的腿被砸了。她庆幸着只是砸了腿，暗暗盼着爹回来，却也纳闷："挖宝"还这么苦吗？爹一回家，她便赶忙去看爹的腿，只留下了一道狰狞的疤。她心疼着问爹："你不是去挖宝了，怎么还这么辛苦？"她爹还是笑呵呵地："不苦，不苦。"她就不理爹了。爹连忙哄她："是真的不苦啊，娃娃！你要是见了那片油田，多少台机器一起工作，震撼到心坎里啊！那是我们多少人的心血，每次见了，都是欣慰和骄傲。以后这样的油田越来越多，国家就越来越强，爹是给你这样的娃娃挖宝，等你们长大了，天下就是你们的啦！"她看着说话的父亲，猛然间与多年前说"不苦"的母亲重合了，对他的怨也散了。有什么东西，在她心里发了芽。

她每日起早去上学,娘给她带个馍馍,夹点儿咸菜。可是一个馍馍只有拳头点儿大,她填不饱肚子。饿得头晕了,她怕跑神,就咬笔杆。但她的笔少得可怜,都得省着用,于是就开始啃手代替。指甲边都被啃秃了,有时啃得狠了见了血,尝着腥味清醒了,也就不啃了。任同学见了她的手,都觉得她怪、她疯,躲得远远的。她并不在乎这些,只心里想着,她爹一天一天地建设,她娘一日一日地劳作,她也得做点儿什么,去种自己的因,结自己的果。

她的这股疯劲终是让她炼成了一把好剑的雏形——她升入了市里的重点高中。可是家离学校太远了,她办了住校,只能每周回家一次。一周一回,总带来超出常时的快乐与满足,但分别后的苦只有默默吞咽。她总赶在母亲前准备好晚饭,避开她担心和无奈的眼神,骑车冲进夜幕……

那样的夜晚路总是好长好长,盏盏路灯也瞌睡了般东倒西歪地出没于视线里,唯有头顶小小的月儿痴痴地伴着她。她骑在父亲淘汰的二八自行车上,脚都够不着地,心里思绪却转得飞快。她向月儿倾诉着她的一切心事,只在这时,她才像个孩子。心里想得多了,脚下就蹬得慢了,一不留神就从过高的自行车上摔下来,疼得她龇牙咧嘴。她揉着屁股起身,出神地望着月儿。

这汪月啊,此时正照遍了神州大地:她爹正在中国的最北端,一手抱着防喷管,一手往下塞钢丝,胸以下的衣服全都冻住了,哆嗦着说不出话,只想着待会儿喝点儿好酒暖身子;她娘正省着煤油钱,借着月光给她的大丫纳鞋垫,怕她不够穿;她的妹妹已经长大了,正在桌前伏案,背影好像和若干年前的姐姐重合……你再往外看啊,看千家万户,好似与他们都有些相同。

月儿又照回了那个小姑娘,她重新骑上了车,往前走她的路,渐渐隐没在路尽头的黑暗之中……在她骑过的路上,月儿的银辉洒了满地,仿佛照出了一代代的行路人。他们夜以继日地在这片土地上劳动着、奋斗着,为自身,为幸福;为小家,为大家。是以心甘情愿,不觉疲累。他们用自己勤劳的双手创造着一切——那滋味,甚是甘美。

指导教师:李希翎

劳动的滋味（七）

◎高二（1）班　贾祎

我时常会想起那片金色的麦浪，还有那个有些黑色皲裂的手的老人，以及他在麦田里劳作的模样。

一

作为一个从小生活在城里并且娇生惯养的娃娃，劳动这个词在我眼里就是一个顶讨厌的东西。无论是洗碗，拖地，还是晾衣服，都是泛着苦味的差事，是我绝对不愿去做的。可能是我摆脱不了懒惰的诱惑，也可能是我爸爸妈妈对于劳动的钟爱给了我充足的可以不劳动的理由——家里永远都会干干净净的，我没必要去干那"泛着苦味的差事"。

说起爸爸妈妈，他俩每年都要回一次老家。他俩老家在一个地方，二人算是青梅竹马。这对我和爸爸妈妈来说都是好事，因为他俩不用考虑过春节到底回谁家，我也不用考虑每年都去不同的地方，认识了这边的亲戚忘了那边的，第二年还得重新认——这也算是一种劳动吧，记人物关系和人名，"泛着苦味的差事"。春节可以回去，暑假却不一定。这就导致我每次回去都只能看到光秃秃暗淡淡的田野，有时候还蒙着塑料布，活像一个被束缚的蚕茧，又像一个迟暮的老人，风吹过来塑料布哗啦啦作响的声音就是老人的干巴巴的咳嗽声。

在我不大不小的那年——十四岁，爸爸妈妈终于同时请下来了年假，于是我可以回去看一看期盼了好久的夏天的田野。

"绿色的穗子翻滚着，就那样直接映在我眼眶里面。恰到好处的阳光恬静地躺在麦田里面，于是麦穗和麦穗的影子重叠起来，给了我专属于此时的田野的美。"这是我回想起来写在作文里面的话。我那时痴看了整整一个下午，幻想了许多美好的梦。突然有人拍了我的肩膀一下，一声中气十足的"别傻着啦"把我从梦中硬生生拉回现实。我转头，看到了我姥爷。"娃子，这还是夏天呢，你要是等到秋天，一片金光的麦田，不得不吃不喝地看上两三天！"我想，姥爷说得没错。

"你就光看着好看，不知道种的时候有多累！让你这样的小身板，挖个坑估计都得累趴下。更别说之后的浇水锄草收割了！这都是我们一点儿一点儿劳动出来的！你在城里上学，不是听过嘛，'锄禾日当午，汗滴禾下土'可累呢！你不知道吧……"

姥爷的话匣子一旦打开，想收住就难了。而他的这些话又偏偏是我听腻的东西。我只想把我的梦做好，即使我也知道它不是真的，我也知道如梦似幻的麦穗背后需要付出，可是我就是不想考虑那些。

"娃子，你明天跟我一起锄草去，咋样？早起我叫你，让你也累一天，哈哈哈哈哈……"我想拒绝，毕竟劳动是"泛着苦味的差事",我还是希望自己能随心所欲地躺在炕上,睡到日上三竿,然后舒舒服服地起来吃饭,吃完饭再去看麦田……多好啊。

"娃子,你愿意不?"原来姥爷已经又说了许多了,我没听见。姥爷突然目光灼灼地看着我,让我一瞬间把编好的理由硬生生咽了回去——我实在不忍心扫了一位老人的兴。

于是,第二天天蒙蒙亮我就被姥爷从被窝里叫起来,然后迷迷糊糊地被姥爷带到田里。姥爷在旁边轻笑:"哈哈哈,好看吧,娃子。我每次锄草都喜欢比别人早来那么一会儿,这样一整片麦田的安静都是属于我的。"

"说好了锄草,别愣着啦。你看着,那这个东西,这叫什么你知道吗?锄头。你看着我怎么挖它,这草要是不除根,跟没除就没区别,知道吗?"我看着姥爷熟练地运用那些我不熟悉的工具,一双黑色皲裂的手在我眼前晃来晃去。

我基本上锄两棵草就要歇一会儿,抬抬头。我看见更多的人来了,他们速度很快地割草,基本上不抬头,但是说笑的声音还是传到了我耳里。原来不只是我姥爷有这样响亮的笑声,大家都有。干活儿有什么可笑成这样的。

我记得那天我回去之后累得腰酸背痛,午觉一睡睡了两三个小时。醒了以后姥爷笑着看我:"哈哈哈,累够呛吧!起来吃西瓜!西瓜这东西好哟,冰凉凉甜丝丝的!"我从床上爬起来,走到院子里吃西瓜,的确,冰凉凉甜丝丝的,好吃得很。

"累不?"

"累。"

"你才干了那么一点儿!"

"那也累,可累了。"

"平常不干活儿吧?"

"嗯……也没有。"

"别瞒着啦!你爸妈哪里舍得你干活儿!瞒不过姥爷我,哈哈哈!"我也笑了。

"待会儿太阳快落山了,接着跟我干去不?"

我疯狂摇头:"不去不去。我在旁边看着还行。我可不想再动了。"

姥爷又是大笑。

"你知道吗,我觉得啊,劳动这个东西,是先苦后甜的。你看着这么些活儿,你觉得很累,但是干完了,到最后收成那一刻了,你觉得没有再高兴的事了。到底还是劳动给人的幸福大。看到收成的那种感觉太妙了,哈哈哈哈!我光是想想就高兴!舒坦!哈哈哈哈哈哈……世界就是这么公平啊!先苦后甜。"姥爷高兴得眯起了眼睛。

我可没尝到甜,我想。

二

我依旧整天在家里吃饭睡觉写作业,家务活儿是一点儿不干的,即使我已经不是小孩儿了。我不知道为什么开始不喜欢这样的自己,但是又不愿意做出改变——因为改变必须先咬那个泛着苦味的东西。

我上了高中,一下子多出来的作业和学习任务让我一个平常只是吊儿郎当应付考试的人猝不及防。头一次考试就考了全班倒数。接下来的几次考试也都是勉强能过去的水准。于是我妈给老师打了一个小时的电话，仔仔细细地从我的生活习惯聊到了性格特点，又保证自己一定好好跟我谈一谈，接着又对老师表达了由衷的谢意，冗长的电话结束后她转过头看着我，说道："你什么时候能让我少操点儿心啊。"我心里一沉。"你知道吗？我真希望你继承了你姥爷的那股子干劲。"

"姥爷又没上过学……"我小声嘟囔。

"姥爷是没上过学，可是他那样的人，上学了肯定也是一把好手。"

"怎么这么肯定……"

"怎么这么肯定？因为他有拼搏的劲头！就从他种地来说，你看看每到秋天，整片田就数你姥爷的最好看。你看到那片麦浪，你就能想象到你姥爷在地里认真劳动的场景。"

"可是，我没见过秋天的麦田。"

"这跟见没见过没关系。而且你见过夏天的，应该可以想象出来。"

"但是我没种地，没准学习比种地累呢……"

我妈叹了一口气："这不是比较的事，也比较不出来。无论是什么都一定是累的。学习是，种地是，爸爸妈妈工作也是，任何带有劳动性质的东西都是。重点在于，你能不能吃这个苦。就像姥爷对你说的，先苦后甜。"

"可是，我没见过秋天的麦浪。"我声音轻到自己也快听不到了。

"你说什么？"果然我妈也没听清。

"我说，我想看看秋天的麦田。"

"回头找机会吧。今天就先洗洗睡。"恐怕高考前见不到了，我想，没有机会了。

我猜，妈妈并没有理解我话中的含义。我想表达的是——我还没见过劳动的甜。我不知道它甜不甜，我为什么还要去做呢……

那天我想了很久。

我知道班里有那种拼命学习、认认真真写作业的人，但是我经常在他们的眼里看到一种迷茫。而姥爷的眼神是坚定的。是年龄原因吗？我不知道。所以，学习，种地，包括"任何带有劳动性质的东西"，意义在哪里？目的到底是什么？如果是为了最后的甜的话，谁又敢保证吃过苦就一定能得到甜？我想不明白。或许我不应该执着于只在一个晚上就想明白所有这些，或许我应该把它交给时间……

三

我在高考前看到了秋天的麦田。

代价是姥爷重病去世。

在回家的火车上，我听到妈妈在一旁不断地抽泣，而我的眼睛就好像冬天蒙上白塑料的地一样，干干的，眼泪怎么也滴不下来。不是我不难过，而是我脑子发木，好像忘了应该怎样才能"哭"出来。

我要想什么来着？哦，我要想自己是怎么知道的这个消息。好像是考试发成绩的那天妈妈跟我说的吧？有发成绩这件事吗？记不清了。考试是有的。

  我还要想什么来着？哦，我想起甜甜的西瓜。西瓜，我在哪儿吃过吗？在家里吃过。甜甜的，凉丝丝的。这个形容我在哪儿听过来着？在哪儿呢……

  我想到了麦田。麦田怎么会这么缥缈呢？为什么我好像记不住了？

  空白，空白，空白。我再想不出什么了。

  火车窗外，绵延的山川树木呼啸而过，绿油油的。不对，秋天怎么会绿油油的呢。是五彩斑斓的，很好看。我看到山川渐渐平了，开始有排列整齐的玉米田了，绿色的。快了，就快了。

  火车停了。

  我跟妈妈走下车，为什么没有麦田呢？不是下车就能看到了吗？我恍恍惚惚地跟着我妈走，在散着香味的田野上走。

  到了。

  是姥爷种下的那片麦子。我看过的，也听妈妈说过的，只有姥爷种得这么整齐好看。只不过那时是青色，现在是夺目的金黄色。

  原来秋天的麦田这么好看。

  那些空白的记忆，都回来了。我看到我自己拿着锄头瞎晃；看到姥爷弯腰飞快地割草；看到其他人在说说笑笑；看到秋天来了，麦子从青色逐渐变成金黄色了，头也慢慢弯了下去；看到姥爷捧起一个麦穗，对着麦田笑得极为响亮；看到人们一点点把成熟的麦穗割下来，堆成垛子……

一年的辛苦没有白费，他们等来了大丰收。

我对着连天的麦田，放声大哭。

四

姥爷的葬礼结束了，麦子也收完了，我也该回城里去了。

我在这几天里不断回想着之前与姥爷交往的点点滴滴，越来越多的记忆涌上来，于是我像丢了魂似的一会儿笑，一会儿哭。

"娃子，这还是夏天呢，你要是等到秋天，一片金光的麦田，不得不吃不喝地看上两三天！"

"娃子，你明天跟我一起锄草去，咋样？"

"娃子，起来吃西瓜！"

"娃子，平常不干活儿吧？"

"娃子，劳动这个东西啊，先苦后甜……哈哈哈哈没有比这更妙的事了。"

但是，姥爷没看到最后的甜。就差了那么一点点，再有一个星期，就能等到了，他等了一年啊，最后就差那么一点点……

倒让我这样一个好吃懒做的人看到了。世界哪里公平……

回家的火车上轮到我不停抽泣了。我转过头对我妈说："妈，姥爷等了那么久，都没等到他的麦子成熟，都没等到甜甜的丰收。"

"他看到过很多次丰收。"

"那不一样。每一年都不一样,每一年都应该重新算……"我说。

"所以,我们学习,种地,做任何带有劳动性质的东西,意义到底在哪里?"我哭着看向妈妈,"如果最后根本看不到甜呢?姥爷的说法也许根本就不对,也许最后只有苦而已……"

"孩子,你做任何事情,都是因为它有意义,为了最后的甜吗?"

"难道不是吗?所有人都是这样。"

"不,不是。不是因为这件事有意义,我们才去做。而是因为我们做了这件事,它才有意义。"

我又哭了,莫名其妙的眼泪。

五

我并没有从此觉醒,然后热爱上劳动。貌似作为一个故事来看,我这会儿应该觉醒了。但是生活不是小说,我也不是故事里的女主角。

我还是不喜欢那些家务活儿,还是不喜欢学习,还是不喜欢"任何带有劳动性质的东西"。

但我不再刻意逃避。

我后来想,或许劳动,甚至由劳动构成的生活,本来就没有意义。而偏偏有一些人依旧愿意认真对待着生活。可能就是这种认真,才让人觉得他们做的事是有意义的吧。

我知道我的认知很浅陋,但是我还有足够的时间去继续探寻。或许我这辈子都认为劳动是"泛着苦味的东西",又或许没准有一天我真的能感受到它的甜。

我不着急。

我又想起了西瓜,想起了连天的麦田。

指导教师:洪学佳

紫丁香诗歌节

引　言

中国文化之所以源远流长，并在全世界拥有巨大的影响力，与中国注重诗教、具有诗的传统以及诗本身的美学力量密不可分。很大程度上，诗歌是传承文化的载体，也是重要的美学形式。诗歌尤其是唐诗宋词里，蕴藏着农耕文化、家国文化和中国人所特有的精神风骨。诗歌传统延续到今天，虽然一直在形式上发展变化，但依然是一种极有价值的认知教育、审美教育、德育方式。诗歌所蕴含的人文精神，也饱含着人类对自然的爱、对和平的呼唤、对美好生活的向往，是当下青年所必需的精神养分。

有人说，青年是诗歌王国里的原住民，孩子天生就是诗人。让学生心中始终有诗意，生活中始终有诗歌相伴，需要延续诗歌创作的传统，以诗歌创作来保护学生的想象力，诗歌创作最为突出的作用，其实是培养学生的思维能力，特别是抽象概括、比喻联想等高阶思维能力。同时，通过诗歌朗诵和诗歌创作，学生可以跨越时空，让心灵走进另一片奇幻天地，在对世界有初步认知的同时，促进情感认知、语言技能和审美能力的发展。

尤其是在移动互联时代，学生更需要借助优秀诗歌的熏陶，来涵养人格，为心灵涂上美好的底色，激活无限的创造力。曾有人指出，未来的社会是属于那些真正喜欢阅读、有语言创造性的人，这样一批人相对而言会有非常光明的前景。会写诗歌是一种思考力、创造力的体现，对学生的身心发展善莫大焉。当越来越多的青年生活中有诗的笔触，心灵自然变得饱满，未来更为可期。

似　曾

◎彭赞心

我们似曾相惜

如同每一天中的每一天

像是一针一线

穿起掠影

最终在浮光中

搁浅　搁浅

我们似曾相知

如同那一天就是这一天

像是一风一月

轻抚蜃楼

落入到海市中

实现　实现

我们未曾相遇

只是某一天错过某一天

在漫漫一日

历转瞬平生

像是那风筝

牵起天长

踏进了地久中

化烟　化烟

我们未曾相识

只是有一天模糊哪一天

看匆匆一面

便再也未见

像是那星宿

拥抱只影

奔涌向形单中

团圆　团圆

你为何只能是我梦中的人

我又为何只能让你把假当真

如同似曾

只是

未曾

指导教师：肖　洁

何 以 为 之

◎史博文

爱人，我可曾表明
如同是黑暗得天光偏心
单薄灵魂在瞬间被救济
我愿为您归属
你呢

挚友，我无法肯定
是否该放任这烈火燃起
起因自允许你略表心意
我却寸步难行
你呢

望穿晴雨
当与你两相依
满身禁忌，化为烟晕

咒语随时降临

爱情永远美丽

苦痛化歌颂

真性情与世界对敌

咒语随时打击

爱情永驻年轻

投下所有赌注

可否许我终身不渝

落空是期待成瘾

爱恋如扑火般苍白无力

绝望间入目是未启的信

我已走投无路

你呢

苦痛与禁忌并行

试图用柔情去挽留分离

故事没开始就料到结局

无悔与你执笔

你呢

终于归咎了命运

背叛神明只因为爱上你

创世云雨承认虚无设定

爱到满盘皆输

你呢

　　　　　　　　　　指导教师：肖　洁

暗 夜

◎吴雨轩

黑暗的夜已然降临。

没人向往暗夜,
所有的人都尝试着追光前进,
哪怕那是虚无缥缈的幻影,
哪怕那是光影迷离的陷阱,
哪怕黑夜给了他们黑色的眼睛。

但黑暗之夜终究会来临!

如果你我沉浸在舞台的辉光中,
暗夜总会来临,
道路泥泞,
观赏自强的流萤。

如果民族蜷缩在自大的幻影中,

暗夜总会来临，
警钟长鸣，
显露进步的繁星。

临行的旅人在灯下裹足不前，
暗夜让他迈步走向远方。
相思的恋人在灯下如隔幕墙，
暗夜让她吐露点滴真情。

暗夜，
是挫折，是未知，
是理智，是冷静，
是进步，是自省，
是真挚，是坚定。

倘若我们欣赏暗夜
便发现：
明月在无垠的天际上悠闲漫步，
群星在鹅绒的幕布上熠熠生辉，
清泉在晚风的抚摸中荡起涟漪，
美景，和平，理性。

那就让暗夜来临吧！

指导教师：肖　洁

从你的全世界路过 错过

◎张祺然

执一封情书
让星辰寄到天边
我愿意让月
向你诉说一番思念
再次点开
打满字又删了的聊天框
失眠的夜
还能不能回到从前那段时光

初见的那天
秋风将盛夏的蝉鸣揽入怀中
我融化在你满眼爱意
第一次明白沦陷和心动

无人知晓的角落握紧的手
岛上的晚霞染红了我的脸颊

夕阳和海浪一并落入海后
你悄悄给出了许诺的回答
那晚的月色影影绰绰
昏黄路灯也在偷听我说的情话

感谢你陪在我身边
试图反抗命运的束缚
但最终我们败给了世俗
回到命中注定远离彼此的道路

你向前走
我困在原地
甚至雾霭笼住了视野的边际
让我再看不清前行的你

相遇是意外
是在人海里的擦肩而过
故事终止于无奈
有些事偏偏等不到结果
在无法相见的
你一定要倍加闪烁
我才能放心地坠落

不要再做我人生的过客

祝你生日快乐

永远快乐

　　　　　　　　　　　指导教师：肖　洁

我如果爱你

◎王犀锐

我如果爱你
我会化作一缕微风，陪你愉快地去春游
在排排青松间，在往往人流中，在你身后，
　为你走过千山万水

我如果爱你
我会撑起一把花纸伞，为你赶走夏日的炎热
在阵阵雷雨间，在行行轻舟中，在你身边，
　为你遮挡风雨烈日

我如果爱你
我会化作一地金秋落叶，为你分担步履的
　蹒跚
在浓浓情思间，在茂密枫林中，在你脚下，
　为你点缀红霞娇颜

我如果爱你

我会化作冬日里一丝暖阳，为你抵挡寒冷的侵袭

在冷冷清清的都市间，在阵阵寒风中，在你身上，为你温暖无暇的心灵

我如果爱你，

我会化作最真挚的祝福，在漫漫人生长河中为你指引快乐的航向

愿你在我看不到的地方安然无恙，愿你的冬天永远不缺暖阳

愿你的明天不再经历雨打风霜，愿你的未来永远热泪盈眶

指导教师：肖　洁

假如我是一只猪

◎王 冉

来又回又去,时空中穿梭
悲又喜又忧,情节中沉浮

第一次见苏轼
他在篱笆的对面
把酒临风
最后,我成了盘中的东坡肉

第一次见老上校
他在仓库的草台上
抑扬顿挫
最后,我成了夜中的流浪者

第一次见玄奘
他在那毛猴身后
正襟危坐

最后，我成了世间的净坛使者

第一次见大灰狼

他在那屋子外

面红耳赤

最后，我成了世上最幸福的三只猪之一

来又回又去，

我终不是一只猪

我尽在这幻梦之事中遨游

不离开，不回去

悲又喜又忧，

我终不是一只猪

我浸在这现实之渊中沉浮

回不去，离不开

指导教师：肖　洁

望 星 辰

◎杨思远

阿嬷
街道是条绛河
店铺挂的提灯明暗
天上悬的星星眨眼
可惜人间
比不上
苍穹辽阔

孩子
天上可比不上
这儿的烟火气
飞上天后
你可吃不到
我做的笋冻了

您说

天上会不会

也有个国度

飞逝的流星

是着急上班的父母

那我愿当枚恒星

为我爱的人

把天空照亮

       指导教师：郑玥莹

虔　　诚

◎黄淮淑

你是我看过最远的海。

我曾用脚尖挑逗
每一颗在阳光下卖弄的砂粒。
我把自己扔给海浪，任他撕扯
只为贴近
这海的心跳。
我在海中
紧张而兴奋地埋葬自己
为了在你身边永远地睡去。
可你那么大
我只会腐烂成一点。

我见过
最无辜的灵魂。你是

被诅咒的刻托的女儿①，你称自己为恶毒

 的蛇女

可我见你，

只会爱惜、爱惜

我仰望你、直视你

你会将我的爱结为石块

我愿成为你项链中的一块。

我比任何一部分的你都渴望你的永生

我的女孩儿，

不必直视我眼中的你。

即使被地狱的烟与火扼住呼吸

被魔鬼夺走

你给我的罂粟般记忆②，

我也会在卫矛③的啃噬下

合上眼

---

① 刻托的女儿——美杜莎，被宙斯侵犯后，她无辜地被雅典娜惩罚成为蛇女。直视她眼睛的人会成为石块死去，包括她自己。
② 《罂粟与记忆》（Mohn und Gedächtnis）是保罗·策兰的第二本诗集。罂粟这个意象在他的诗中即他犹太身份给他和他的语言故国带来的苦痛关系的镇痛剂，是犹太人为了逃离奥斯维辛可怕幽灵的纠缠而依赖着的麻醉剂，也是他给知音和女友巴赫曼写的《花冠》一诗中"我们互爱如罂粟与记忆"。罂粟，是瘾、爱欲、逃避，是身体永远的记忆。
③ 卫矛，最初来自希腊神话，但在基督教中被妖魔化。他被命名为食人恶魔和死亡王子。

回想你我在之中酣睡的

微咸的海风。

指导教师：郑玥莹

城 池

◎李天元

那晚的雨重重地砸在柏油路上

噼里啪啦似透明的烟花

古楼亮着灯

空气里充斥着潮湿

城里没有泥土,鼻腔里的是街边梧桐树的芳香

北京的雨有雨的味道

城市没有夜晚

日子是飘浮的烟霾

城市没有钟

轰鸣的是街上的硝烟

凌晨啊!

是那样的美丽而无畏

河东和河西

城里和城外

注定又是北京一个不眠的夜晚

八方四海的河汇聚成汪洋

九州五湖的人汇集成城池

蓝天啊!

我们的城是个巨大的池塘

来而往

也总有水草三两株

蓝天啊!

城市永不灭的几万盏蜡烛!

指导教师: 郑玥莹

创世之夜
——致文森特·梵高
◎刘俨萱

颜料扎根画布

大地消长于笔尖

纤细脉络中寻觅万籁俱寂

世界伊始

雪白亚麻浸没群青染缸

当钟楼刺进天空血肉

城市生出无法脱除的荆冠

痛楚漫长　无可避免

柏树矗立风中

依偎　穿透喧闹

蜿蜒藤蔓猛长

你看　生活流淌

有人躲在暗处

有人自成星光

流动的笔触间

繁星翻滚为浪花起舞

夜幕笼罩阿尔勒

好在　月亮反射来自我们自身的光芒

这　比白天更加灿烂

红色络腮胡颓然低垂

青色眼眸滤尽世间浑浊

当稀世珍宝褪去装裱

洗尽铅华　回溯过往

观者眼中　心中火焰倏然为烟

我该如何向你解释永恒与不朽

且做流星

游历世间　照亮黑夜一瞬

不要温和地走进那个良夜

指导教师：郑玥莹

人　生

◎ 简睿羲

小时候的自己
比现在厉害许多
《雷雨》《飞鸟集》《红楼梦》
都看得懂

现在的自己
比小时候知道得多
可却比小的时候差远了
《格林童话》《伊索寓言》《一千零一夜》
都读不懂

我想
未来的我
也许会很厉害
也许能将这些书读懂

只是

我不知道

未来的我

会知道了什么

才能读懂这些书

我好怕

未来的我

在知道了那些之后

不愿再读懂那些书

指导教师：郑玥莹

云的离开

◎陈悦薇

一片很久远的流云从城市飞过
漫长的灰色使我一无所有
摆在窗外花盆里的理想全部褪色
灰烬从高楼上一沓沓撒落
扑进浓雾，柏油路中央
白影幢幢

连流云也开始飞离这座城市
可这时，立冬的第一片雪花
还未从你哀伤的眼神飘落

你们在用什么谛听，电视还是广播
流云划过风的声音——
你怎么知道这是云的呼吸
而不是灰烬撒下的声音
不是雪落的声音

不是呻吟

云累了,不再移动
我也是

脚下的楼沉寂着
城市在忽远忽近地浮动,
我扫净凋谢在窗台上干枯的色彩
看向天空,目眩神迷
试图在那里看到云的泪痕
花盆里的枯叶还在下落
我真的不想两手空空地度过这个秋季。

指导教师:郑玥莹

灯

◎ 郝西格

我的心一片冰凉
油脂在我体内凝固
无尽的黑暗中
静待着第一滴朝露

你擦亮了一根火柴
带来了我生命的光
我燃烧　呐喊　绽放
为你飞舞倾倒
给了你我所有的年少轻狂

你只自顾自看着书
我只自顾自看着你

终于你合上书
看着我

我才发现你的眼中

除了我的光只有一片黑洞洞

沉重的盖子还是压在了我身上

我想要挽留

却只感到一阵窒息

当我再次沉睡过去时

你是否还能看到

星辰的倾泻

晨曦的飘荡

指导教师：牛　爽

第 五 间 屋

◎李亦甜

第五间屋子,
召唤不来你了。
因为疫情、面积
和一段对于你的双腿来讲
过于陡峭的楼梯。

我
却轻而易举地被它捕获。
因为升学、早起
和一段对于省级重点高中而言
过于诱人的距离。

姥姥,你曾是
嗅着中原一带的麦子气息的
农民,
可知道城市的

游牧者
如何逐水草而居?

早于
一切从西南向东北的挪移,
你为我而来的那个北京,
如今,已弃我而去。
你因我常常光顾的市集
前不久,
以一阵烟的形式,
呜咽着
与土地分离。

我不知怎样面对
你的老去。
我不知怎样
把市集的消失
同你
在电话里提。

　　　　　　　　　指导教师:牛　爽

父　爱

◎宁博远

夜

似幕布笼罩

漆黑中暗流般的悸动

似一双寒冷的手将我后推

我闭眼向前狂飙

似骑兵一往无前，义无反顾

只觉那股力愈发遒劲

直到冲破那幕布

扫视身边飞掠的美景

万缕霞光散入

方觉那温热的手

并非是阻碍

反在助我前进

指导教师：牛　爽

没有爱情的约会

◎刘凌筱

画好眉毛
去赴一场没有爱情的约会
搽好胭脂
我的双颊只为自己泛红
盘好长发
把飞散的思绪包进一根皮筋
穿好风衣
将路人的惊疑挡在身后

我的约会对象
悄然到来
她轻抚我的眉毛
她晕开我的胭脂
她让我解开头发
她的手顺着风衣往下滑

于是我拉着她

旁若无人似的

转起了圈

跳起了熟悉的那支舞

月光从我们的指尖流过

我贪婪地呼吸着有她的空气

享受着她对我的滋润

静静矗立的路灯

是我们唯一的陪伴

不

这绝不是一场没有爱情的约会

我爱打扮

爱跳舞

更爱雨点

在平凡生活中敲出的波澜壮阔

指导教师：林佳莉

母 亲

◎张芷芊

记忆中,
你像温和柔软的小溪,
包容我一切不完美。
你也像枝繁叶茂的大树,
捧我在手掌,
为我遮挡未知的风浪。

全世界在等我飞更高,
你却心疼我小小翅膀。
为我撑起,
沿途休息的地方。

当我离去,
从涓涓小溪流向无垠浩海
像风走了八千里不问归期,
像鹏扶摇直上九万里高空。

待我归来,

我仍愿做你枝上的幼鸟,

只是当雷电来袭,

换我张开翅膀,

拥你入怀。

        指导教师:林佳莉

风 雨 雪

◎黄鸣珂

风,
凛冽刺骨,
像只大手,
掀起灰沙细石。
呼呼作响,
拨开内心的迷雾。
是天空在怒吼,
也是
阴霾的克星。

雨,
滴滴答答,
像断了线的珠子,
一滴一串地掉落。
染绿了山,
染黄了地。

是天空的泪，

也是

庄稼的救赎。

雪，

棱角分明，

像无数的精灵，

在空中曼舞。

欢声笑语，

誓这冬天不再有忧伤。

是天空在起舞，

也是

孩童的欢乐。

指导教师：林佳莉

土 豆

◎徐昕彤

生来是赤裸的
从某些角度看
甚至
是丑陋的

没有生命的轻灵
没有玉石的坚硬
但至少有机会破土
甚至
努力一把
憋出几枝花

不要去快餐厅
不要被洗干净
亲爱的土豆
别听他们的

流水线的终点

只有餐桌上的尸体

和削去的个性

土豆泥不是荣誉

而是酷刑

你要变质发芽

不要做地三鲜

要深埋土里

不要升华

然后

当你长出第一对叶子

你便看到

太阳

远比快餐厅的灯火明亮。

指导教师：林佳莉

夜 之 眼

◎王子轻

孤寂的草鞋　在光中闪耀
灰色的砖瓦　它能反射灯光
小房间里那一束温柔
兼为救星和强盗
万物围着篝火祈祷
火神却在旁边微笑

若问我心在何方
便是去看你为夜散发光芒
吸吮干我仅有的生命力吧
你超自然的混沌之物
请把泥土捧在娇嫩的手上

我本为夜而痴情
夜本为我而轻狂
小心夜的炽热烫到你的嘴

小心我的冰冷冻结你的肝肠

请为我献上树梢的一缕清香
工蚁的一点灵巧
母乳的一丝甜美
白鲸的敦实和倔强

说那天地之间
事物各有去向
我很想有个归宿
容忍我卖苦卖劳
灿烂　惶惑　迷乱　单薄
我愿用我一生的时间
在挣扎中死亡

那是夜里三点的钟声
时间已被敲响
月下的长廊影影绰绰
我无从想起甬道两旁彻夜的灯光
黄褐色的梧桐叶放弃最后的圣洁
甘愿沾染凡尘的涤荡
她在等待　划过虚无而凌空
她在等待　浸润守夜人的眼眶。

指导教师：林佳莉

等待戈多——教条

◎李子娴

舞会

盛装出席

但是

领结先生与西装侃侃而谈

黑裙小姐在两边为难

举起酒杯

啪

舞会仍在继续

老朋友来了

招招手吧

嘿老朋友

上次见面还是战场上

那个沟壑里

黑裙小姐似乎举起了第二个酒杯

仍在像老朋友招手
一切都等待着
戈多的到来

　　　　　　　　　　指导教师：林佳莉

我失去的和得到的

◎栾蕊加

我用支付软件里数值的减少换来生存的条件
我用沉寂夜晚的极速流逝换来精神的休眠
于是我活了

我用晶状体和眼球的健康换来一切理性的知识
我用大脑本该感到的轻松换来所有能实现理想
　的砖头
于是我有了安全和目标

我用耳朵的清净换来听摇滚才能获得的精神
　　鸡血
我用严密的推理换来可以满足社交需求的感情
于是我成为一部分的一部分

我用脑和手的哀嚎和身上镶嵌的红宝石换来诗
　和品德的令人称赞

我用没有了金镀层的、虚假僵硬的生锈铁制外
　　壳换来意志的绝对自由
于是我成了人

我没有什么剩余的了
于是——
给你一颗狂跳的心，也不求你回报
因为在初见你的时候
我忽然知道了它在我体内的确切位置
以及它必将去的远方

指导教师：张诗琦

本该幸福

◎陈虹名

雨滴戳破漏水的池塘。
我想我该幸福的,
因为幸福该是关于成功的。
就像诗意该是陌生的;
学生该是能吃苦的;
痛苦该是被感谢的。
呛水的小鸭在池心彷徨。

可是
诗歌本该是会呼吸的,
少年本该是恣意的。
它操纵着蹼在最后到来前的最后
　拯救自己。

我剜去痛苦腐蚀的灵魂一角,
假装那只是蝉蜕。

所以我才是本该被感谢的。
上岸的小鸭领悟了如何生存。

我出卖自由换取幸福,
假装这是理所应当的。
我忘了我本该是我的,
而幸福本该是自由的。

小鸭没有学会游泳。
…………
而雨滴戳破漏水的池塘。

指导教师:张诗琦

叶

◎戴灵郡

这一天邮差吹响了风铃
呀是秋天的半封信
那残皱我把它展平
粉色的诗文用指尖转印

她说她跟鸟雀跳着热烈的弗拉明戈
鸟雀?
那是紫色的八音盒
还是橙色的天外雪?

那我也要化作一只灰鹤
我要做叶的王
冲破黑暗披肩上的
光!

某一天大地的画布将为我展开
让我唱赤橙黄绿的天籁

我要藤蔓是粗粝的棕
变为白昼递下的绳索
我要凤凰是怒吼的红
化作吞噬黑暗的炬火！

可我没有翅膀
又如何纵情翱翔
罢了 还是一圈一圈地循着
克罗托的线头
永远凝望梦的浚泽
自己锁自己进高楼

某一天我终于看到一纸
来自深冬的深绿贺函
那时一整个音乐厅的螽斯
有一万位都将齐奏为我鸣弦

某一天我终于从厚重白雪里捧出绿叶
某一天我不再活在某一天

我让细绳牵着胡乱刻下这首诗
向我的傀儡师诉衷肠
哪怕只讲给自己
这也是我最后恣意的疯狂

　　　　　　　　指导教师：张诗琦

黑　　猫

◎吴雨桐

我潜伏着，
月光落在我耳尖。
穿上斗篷，逃离城市的阴影，
水泥墙上飘过一朵小小的乌云。
快一点儿、快一点儿——
让我捕获敏捷的梦。

我隐藏着，
月光缓缓淌下我的眼睫。
夏夜的风是我无形的羽翼，
掠过斑驳的街道，划开污浊的细雨。
飞吧，飞吧，
带我追逐归山的群鸟。

我等待着，
月光浸透了我的脊背。

夜色织成我黑色的皮毛，
无人能看见内里孤独的火焰。
燃烧着，跳动着……
我的心是太阳掉落的碎屑。

我等待着……
不！我不愿再等！
谁愿成为我黑暗里的友人？
谁有时间聆听我的心？
又有谁知道，
我不是灾厄，亦非不幸。
忧伤的幻影，月色的幽灵，
刹那间转过身——
一只黑猫溶解进无声的夜。

谁曾在黑夜里捕捉到我的身影？
站在小巷的交会处，
陌生人，你听，
晚风吹来的是我的心。

指导教师：张诗琦

从明天起

◎杨欣冉

从明天起,我将离开牢笼
下楼遛狗,晨跑,感受花间的露
电光将熔开蓝色铁板
日光将重撒惨白的门

只要想起明天
金黄的狗毛融在暖光里
深秋的朝霞映在瞳孔里
清冷的空气涌入鼻孔里

我等待
那窒息我们的
蓝色的铁板又岿然不动
惨白的门又无法恢复血色
——从明天起,我将离开牢笼。

指导教师:张诗琦

热　　沙

◎张毅佳

在热沙模糊的轨道上，
卷向地平线的卡车猛烈地摇晃着。
睡眠的他被蔓上铜绿，
在不愠不恼中陷入棉絮。

在热沙模糊的城市里，
吸向地平线的卡车无节律地摇晃着。
梦里混沌无光，他看到了——
天空被耸起肩的高楼挑衅地笼罩，
像水仙花一样自灼的人还在伤春悲秋，细
　　枝末节地骚动，
勇敢的心把爱收在胸前的口袋，
游在世界的猩红内里无问西东。
他流浪的思潮被天空更荒白的颜色洗浴。

多么畅意啊！

直到塞壬不再歌噪

德鲁伊不再祈祷,

吟游诗人不再弹琴,

他在自己的黄昏中迎来清醒。

在热沙模糊的记忆中,

驶向地平线的卡车平滑地摇晃着。

醒来的他收下惘境的馈赠——

飞的愿望谁也有过,难就难在穿了一双
　铁铸的鞋。

他走在瘦弱的街道上洗浴着细密的小雨。

灰色的风长驱直入——

残夜被砸碎成一地的黑曜石,

热沙也悻悻退出。

一抬头,

树是茵绿形成的虹,跨越在飘满柳絮的
　上空。

多么畅意啊!

细密的小雨里,我对着青灰而透亮的天空
　想象。

指导教师:张诗琦

漫步在月光笼罩的朦胧中

◎王语墨

漫步在月光笼罩的朦胧中,
时间凝固成河流冻结了夜色。
银河曼舞星汉流转,
搭建起不胜寒冷的宫殿;
大梦的曲调错杂弹,
谱写出绚烂盛大的梦境。

长庚星是月神的使者,
月是夜之国的神明,
夜是梦魇的国度。
合眼步入月神的领地,
无论信者与不信者,
都在梦中祷告,
沉溺于美好的幻想,
直到天明。

阿尔忒弥斯啊，
我是你最忠实的信徒！
不知你可曾看见，
白炽的烈焰划破天际？
那是以汝之名的希望。

　　　　　　　　　　指导教师：范淑婧

无　　常

◎宋子安

贪婪偷窃生命

贪婪地，享受本不应有的风景

是前人缔造的幻境

还是后人墓地的残影

肆意吞噬尊严

肆意地，承诺永不兑现的誓言

世人诟病

是疯狂

还是乖张

随他去吧

遗忘吧，切莫停留观赏

遗忘吧，记忆重新流淌

看到末路黎明、红日初升了吗

那是撒旦的伤疤

悬崖之上天际之下

被剥夺的规则徒劳挣扎

天黑了

记得回家

虔诚的人啊

为何漂泊

借一盏烛火

待到蹉跎

从轻发落

你看不到吧

你看得到吗

世界的尽头

开着一朵小白花

指导教师：范淑婧

新月、露珠与栀子花

◎殷若宸

花萼托着月亮,挂在幕布枝头。
朦胧的光晕,惊醒残破的露珠。
抬头四顾,灰色的细雨里没有出路;
幕布与黑夜的交织中,新月时分没有月出。

破裂的睡眠与幻想,白昼与黄昏交叉。
君士坦丁堡里,不见星月旗与宣礼塔。
露珠挂满苍穹,拥捧着一枚栀子花。
梦境与现实的交织中,她是那样的典雅。

沉没在黄金、珍珠的,糜烂的泥潭。
唯一的灯火,是玉盘上铭刻的呢喃。
花柄是龙骨,与花瓣的帆组成了月夜中的航船。
苦难与欢喜的交织中,促使我前往彼岸。

彼岸?哪有什么彼岸,只有诗人笔下的荒唐。

荒唐的庸俗，是麻痹我灵魂的琼浆。
琼浆的腐臭，被压过在栀子花的芳香。
逃避与面对的交织中，那芳香是唯一的盼望。

洁白的芬芳，洁白的月光，在洁白中苍白地彷徨。
在月光的阴影下，披上强装欢乐的马甲。
对月亮的幻想，早已成了栀子花的模样。
迷茫与绝望的交织中，无谓地虚度春秋冬夏。

月亮依旧挂在幕布前栀子花的枝头。
君堡的宣礼塔，勾勒出细雨上的露珠。
自梦里醒来，那里一直未曾有过出路；
栀子花与月光交织的雨夜中，本就没有日出。

指导教师：范淑婧

高　贵

◎严九翼

波德莱尔的诗行仍在翻页
你却在自述的回音中反省世界
竹林中的阴谋与哀怨若隐若现
罗生门下的踟蹰挣扎注定了堕落的蜕变
黑船滚滚的浓烟伴着大海的波涛怒吼
维新时代脱去浮华露出狡诈的笑脸
金钱的恶毒在人世间蔓延
世纪末的幽灵缠上身躯
令你遗世独立又沉默寡言

你绝非虔诚的信徒
却背负着最原初的锁链
怀疑的倾向拷问着无上冠冕
分裂与矛盾加速了末世的终篇
曾经的你从历史的隐秘传说中挖掘
浅草临终的呓语遮盖不住各怀鬼胎的暗念

众人嗤笑的非议暴露出苦心掩藏的缺陷
愤怒与谎言
希望又幻灭
在铁路上车窗外掠过的橘子
是你对世界最后温情的复现

地狱变痛楚的哀嚎仍在火焰中焚烧
儿女情长掩不住艺术的崇高
河童的无情与有情孤独地攥住了躯壳
然而生命啊，它璀璨如歌
生长成熟衰老
自由幸福渴望
人的高贵在于反省思考
自我拯救的释怀让他逃离囚牢
电流翻涌的点点紫光
即使被人握住瞬间
也能让最终的抉择凝成永恒的闪耀

指导教师：范淑婧

一岁一枯荣

◎王敏馨

远远地望见一棵枯树，
孤立在陡峭的山崖间
像座尘封许久的古墓
腐朽而幽暗，
没有鸟儿栖息在它身上

即使光临也只是
短暂的停留，
只有孤独的身影
时常肆虐它的风雨，
披上了风尘的袈裟

若不是我偶然遇见，
没有人会发现它的存在
清冷中的凄凉
但心底仍怀着一份

炙热的向往

月光轻轻流淌，
枯干的残躯在月影中怅惘
即使不能改变，
但也不能被空气中的冷意
灌灭坚守的希望

于是我将希冀寄于心间
默默隐藏
直到来年开花时
凄凉　成长
彷徨　绽放

　　　　　　　　指导教师：范淑婧

葬 剑 吟

◎李佳潞

酒里翻滚着烟沙

檐下，灯下

两只相互凝望的破盏

谈霜雪谈吴钩谈鲜衣怒马

西风穿堂入户缭乱了碎发

浊酿在衣襟上开花

箫声牵着月影流入快意江湖的梦

酣沉间

一双青锋约定好要仗剑走天涯

雨中混杂着秋凉

枕上，肩上

刀光血影在不经意中

换了贪恨嗔痴欲海茫茫

棋盘上黑白交织的网吻向昔日同党

夜鸦惊醒了黄粱

咽喉连着心脏跌出酝酿诡谲的帷帐

暗箭追去

一袭蓑衣载着年少时赤红的疏狂去逃亡

       指导教师：尚 颖

雁

◎李海月

　　　　　　　　　　　过雁吐了一溪秋云
　　　　　　在长不出镰刀的土地种下水滴
　　　　　　　　　　"落单的雁
　　　　　　　你为何独自喟叹？"
　　　　　"为秋稻偷来夏天的雨"
"穿越北半球的上空"　落单的雁　　　作太阳的触角　过
　　雁瞄着北方
抵达时就是春的年"你为何不回南天？"　与月亮牵线　比拉
　　长的影子更寂静
　　　　　　　过雁唱了一曲离骚
　　　　　　在落不尽绿叶的树梢点起篝火
　　　　　　"落单的雁
　　　　　　你为何独自讴歌？"
　　　　　"为枝丫准备冬天的雪"

　　　　　　　　　　　　　指导教师：尚　颖

橘　　子

◎齐紫宣

几个橘色的球，
依附在透明的玻璃碗中央；
慵懒、向阳。
裂缝穿过头颅，
干皱的皮肤里露出饱满鲜活的肌囊。

橘黄在苍老的褶皱间反射。
白色的藤蔓肆意生长；
蔓延、抓牢、紧紧缠绕。
我听到了你无声的尖叫。

轻轻把你从光的阴影里挑出，
小心翼翼地剥下大片白色的铁丝网。
你松了口气，却依然挺立——
干皱的皮囊早已抵挡不过，
坚韧的后背早已被勒出了遍体鳞伤。

你究竟如何做到，
在那令人窒息的绳索中顽强生长？
因为那些痛苦的伤痕，
正是你成长的养料。

指导教师：尚　颖

无　题

◎咬悦衡

是的

我已经到了盼望的终点站

这里壮鼓打得蒸腾

花簇燃烧得酣畅

闭眼呼吸着颜色

火烧的云毯盛着我的身体

春光的瀑布裹紧我的胸膛

世界奔向我

歌声明亮了风

然而经验的河水流湍湍

使未来涟漪醒我

时钟的站台

小心地望

我能望到隧道外

仿佛在预示

芬芳铺不尽原野
色彩会与死水撞个满怀

我怕沉寂
怕空荡荡的原野
怕死水和平庸的空气
也怕
腐蚀掉云毯和瀑布的欢喜
蔓延尽应该呼吸色彩的心灵
我担忧在散出涟漪那个点上
是否会憾怆
怕的缠萦

指导教师：尚　颖

无　　题

◎武家伊

一

以你为题的诗

可写八千行

每行有三声心跳作注

你的嘴吻

眉毛、发梢

微微起伏的小腹

二

我们立在沙滩上

等夕阳下山岗

它把海水碾碎

铺满了地球

蓝色的巨幕

漂浮着无数

裂缝一样

闪烁的伤口

但是对你——

无论如何

它也要温柔地

余两厘微光

来拥抱你的眼眸

来临摹你的手

三

我可以

把月儿的弯钩裁下

挂上玫瑰露水浸泡的银纱

塞进你的门缝

当作我们的

第一句话

        指导教师：尚　颖

盒　子

◎黄瑞麒

城市人被困于大大小小的盒子。

我从房间坐电梯到健身房，

我从一个盒子搭乘一个移动盒子到另一个
　　盒子。

猛扎进的泳池，它蓝得诡异，

这是个在城市上方悬空的盒子。

我身体蜷缩，像海里的贝壳。

气泡像昆虫群一样严密，

它们散开露出后面的马赛克。

世界颠倒，我是他者。

什么在闪烁，

那是盒子外的星空吗？

拼命划开水流啊，

脑袋在介质里一沉一浮，

嘈杂，

寂静。

嘈杂，

寂静。

肺和心脏在胸腔内挤压。

原来那不是星座。

我的身体和大厦的霓虹灯一起，

随着电流，

闪烁。

　　　　　　　　　　指导教师：尚　颖

夜与夜之间

◎李先豫

葡萄园青紫色的夜里
穹宇吞吐气息,
将荆棘吹作枯叶
亲吻流浪者和异教徒的脚。
我于是踮脚将滚烫的字符挂上枝头
任秋风采撷;只盼它触及你那刻
余温尚留。

——夜与夜之间
是上了发条的时间,
三分之一个光年。

八月泼墨般的夜里
狂喜,惊异你的惊异。
星宿如音符跳跃,唱和脚底的鼓点
交杂错落,

化作脉搏。

——夜与夜之间
仅分秒相隔。

今夜
众生静默，
哀悼阿喀琉斯唯二的败绩。
唯我心出走
要在空无一物处寻得最忠贞的堡垒，
宣告触碰才是永恒的悲剧。

——夜与夜之间
在腹地被遗忘的阵痛中失明
又失火。
旷野升起灰烟。

指导教师：尚　颖